徳 間 文 庫

警察庁ノマド調査官 朝倉真冬

網走サンカヨウ殺人事件

鳴 神 響 一

徳 間 書 店

目次

プロローグ

桜が吹雪《ふぶき》そのままに舞い散る。

真冬《まふゆ》は天国の入口に建っているような山門を振り返った。

金沢は卯辰山《うたつやま》の麓《ふもと》にある天徳院《てんとくいん》の門前だった。

久しぶりに顔を見せた祖母と真冬は散歩に出た。

正午を告《つ》げる寺の鐘がのどやかに鳴っている。

今日は真冬の五歳の誕生日だった。

「なんで春に生まれたのに、あたしは真冬なの？」

「雪のしたより燃ゆるもの　かぜに乗り来て　いつしらずひかりゆく　春秋ふかめ燃ゆるもの」

祖母は謎の言葉を歌うように口ずさんだ。

「なにそれ？」

ぜんぜんわからない。

「わたしはね、『雪の下より燃ゆるもの』をずっと探し続けて焼き物を焼いているんだよ」

「探してるの？」

「そう。だから、雪の下に眠る宝物という意味で、あなたを真冬と名づけたのよ」

祖母はにっこりと笑った。

「わたし宝物なの？」

「もちろん、わたしのいちばんの宝物は真冬だよ」

真冬はいつもきれいで、凛然《りんぜん》としている祖母が大好きだった。

「さ、あんころ餅でも食べにいこうか」

「うん、食べいく」

嬉しくなった真冬は、その場でケンケンした。

ふたりは小立野《こだつの》通りのほうへと歩き始めた。

真冬の祖母――九谷焼《くたにやき》の陶芸家として著名な朝倉光華《あさくらこうか》が口ずさんだ謎のひと言。

いまも祖母は医王山《いおうぜん》の裾野《すその》の山里に隠れた陶房にこもって作陶に打ち込む日々を送っている。

めったに真冬の家にはやってこない祖母だが、真冬の誕生日だから山を下りて来てくれたのだ。

そのとき、向こうから藍《あい》色の作務衣《さむえ》を着たひとりの男が息せき切って走ってきた。

真冬の家まで祖母を送ってきた弟子の青年だった。

「先生……大変なことが起きてしまいまして……」

青年は引きつった顔で祖母に何やら耳打ちした。

「真冬、お家《うち》へ帰ろう」

祖母の頬ははっきりと青ざめた。

ただならぬ気配は、幼い真冬にもよくわかった。

弟子の青年が伝えに来たのは、真冬の父の死の報《しら》せだった。

父は祖母のひとり息子でもあった。

あまりにも悲しい日のできごとだから、いつまでも真冬の記憶には鮮明に残っている。

祖母が口ずさんだ謎の言葉も忘れた日はなかった。

大人になった真冬は、それが金沢が生んだ詩人、室生犀星《むろうさいせい》の詩だと知った。

だが、『雪の下より燃ゆるもの』の意味はいまだにわからない。

きっとそれは真冬の人生にとって大切なものに違いないから……。
自分の名前に籠められた祖母の思いを、真冬はずっと探し続けている。

第一章　妖精が住む池

1

「やっぱり空の色が違うなぁ」
朝倉真冬は東オホーツクの夏空を見上げてつぶやいた。
七月の空は透き通った青色に輝いている。
なんという色で表現すればいいのか。
洋色でいえばフォゲットミーノットに近い。和名ではわすれな草色だ。
だが、もっと透明度が高い。道北やここ道東でしか見られない夏の空の色だった。
天頂で輝く太陽も心なしか輝きが弱いように感ずる。
この空のもとに立つと、日本でも極北の地に来たという感覚が真冬の全身に染み渡ってくる。

真冬は北陸の古都、金沢市の生まれだ。

同じ雪国でも、金沢の夏の空はこんな色ではない。

照りつける陽差しも厳しく、梅雨が明けた時期に不用意に街中を歩いていると熱中症になりかねないほどだ。

頬を吹き抜けてゆくいまの風は、信じられないほどさわやかだ。

最近は温暖化現象のためなのか、この道東地方でも異常な高温を記録する日がある。だが、今日の東オホーツク地方は、本来の気候を取り戻しているかのようだった。

羽田からわずか一〇五分。

北海道には梅雨がない。

うっとうしい梅雨空のもとで旅立った東京とは、別世界にいま自分はいる。

旅には決まって着る《マウンテンハードウェア》のキャニオンシャツはホワイトを選んだ。速乾素材で夕方洗濯したら夜中にはもう着られるというすぐれものである。

長袖を着てきたが、この気候だとちょっと涼しい気もする。

背負った中型ザックのなかにはフリースのパーカーや、雨合羽《あまがっぱ》兼用のゴアテックス・マウンテンパーカーを入れてきているので不安はない。

ボトムスも速乾性の《ワイルドシングス》のテックパンツというマウンテンパンツを選んできた。カラーはタンである。

足もとはインナーにゴアテックスブーティーを使ったスイス革のトレッキングシューズで固めている。都内の登山靴専門店で作ってもらったオーダーメイドである。ビブラムソールを使った全天候型で、北アルプスだって登れる。

学生時代は旅行が趣味だっただけに、真冬は旅のファッションは実用一点張りで考えている。

旅行誌のルポライターとしておかしい恰好《かっこう》ではないだろう。

三階建ての女満別《めまんべつ》空港のターミナルはこぢんまりとしていて、故郷の金沢駅よりずっとちいさい。

一日に十数往復の旅客機が離着陸する空港としてはこの程度の規模でよいのかもしれない。

それでもターミナルビル自体はそこそこの規模がある。だが、空港のまわりには数軒のレンタカー店とわずかな飲食店くらいしかない。あとはどこまでも続く畑地ばかりだ。

この空港は網走郡大空町《あばしりぐんおおぞらちょう》に属し、隣の網走市までは二二キロ、同じく隣接する北《きた》見《み》市までは三二キロという位置にある。

東京から横浜が二七キロだから都市部からはかなり離れているわけだ。

ザックを背負い、肩からショルダーバッグを下げた真冬は、駐車場へと視線を移した。

「あ、来てくれてる」

だだっぴろい駐車場に停まる探検自動車のような赤いクルマが、真冬の視界に飛び込んできた。

向こうも真冬に気づいたか、運転席の窓からひげだらけの初老の男が顔を出した。

「真冬ちゃぁん、こっちこっち」

太い声で叫んでいるのは、これから数日間をお世話になる温泉民宿《藻《も》琴山《ことやま》ロッジ》の主人、遠山友作《とおやまゆうさく》だった。

「遠山さぁん」

真冬は手を振って叫んだ。

クルマに気をつけながら道路を渡って、駐車場の端にある屋根付きのカーブサイド（自動車乗降場）まで走った。

友作はエンジンを始動させた。赤いボディがゆっくりと近づいて来る。

胸を弾ませてカーブサイドのコンクリート床に乗った瞬間、身体のバランスが崩れた。

「うわっち」

真冬は前のめりに転倒した。

なんとか両手を突くことができ、顔面は守られた。

ショルダーバッグもたいした打撃を受けなかったように思う。

だが、ぶさまな恰好でコンクリートの上にうつ伏せ姿勢になった。

「ハゲえー」

自分にムカついて真冬は思わず叫んだ。

「大丈夫？」

低い声が背中から聞こえたと思ったら、誰かがザックを引っ張るようにして起こしてくれた。

「あ、大丈夫です」

振り返ると、制服を着た七〇歳くらいの老警備員が立っていた。

ラノベであれば、助けてくれたのはイケメンの青年でふたりは恋に落ちるというパターンだ。

だが、そんな都合のいい話が、世の中にそうそう転がっているものではない。

「ケガしてないかい？」

老警備員は真冬の顔を心配そうに見た。

「ありがとうございます。ケガしてません」

ほんとうは左右の掌《てのひら》が少しすりむけている。

きまりが悪くて真冬はペコペコと頭を下げた。

「夏でよかったね。冬なら大ケガするとこだべ」

「そ、そうですね……」

真冬は背中に汗を掻《か》いた。

金沢生まれの真冬は雪道の危険性を身体で知っている。

そのまま滑っていってクルマにでも轢《ひ》かれたらおしまいだ。

「ところで、わたしゃハゲてないけど？」

老警備員は制帽をとって不思議そうに訊いた。

銀色のふさふさした髪が現れた。

「すみません、あれは金沢の言葉で『腹が立つ』とか『イライラする』って意味です」

真冬はふたたびきまりが悪くなって頭を下げた。

「あ、そうなの。なんでハゲって呼ばれたのかと思ってね」

制帽をかぶり直して老警備員は笑った。

「いえ、そうじゃないんです」

あわてて真冬は顔の前で手を振った。

「ま、とにかく気をつけてね」

ちょっと笑って老警備員は立ち去った。

友作のクルマが目の前で停まった。

真冬は急いで駆け寄った。

ドアが開き、友作がぴょんとクルマから飛び下りた。

「おいおい、ケガしなかったか?」

色黒の友作は目の前で四角い顔の眉間にしわを寄せている。

なつかしい再会だが、とんでもなく恥ずかしいものになってしまった。

「えへへ……ちょっと両手を……」

「どれ、見せてみろ」

真冬は素直に両の掌をさしだした。

たいしたことはないが、両方の拇指球《ぼしきゅう》にうっすらと血がにじんでいる。

「ありゃりゃ……ちょっと待ってろ」

友作は運転席に戻ると、白い傷薬のスプレーを取り出してきた。

「用意いいんですね」

真冬は驚いて訊《き》いた。

「山歩いたときよくすりむくからな。さ、これでいいっしょ」

スプレーから薬をしゅっしゅっと真冬の掌に掛けると、友作は人のよい笑顔を浮かべた。

「すみません。心配掛けちゃって」

真冬はちいさくなって詫《わ》びた。

「なんも、なんも」

地元の言葉で「どう致しまして」という意味である。

北海道は地域によって方言が異なる。友作はお隣の北見市の出身だと聞いたことがあるような気がする。東北弁に近い訛《なま》りを感じる。

自分はひとつのことに意識が向くと、ほかのことを忘れたり、大事なことに気づかなかったりするところがある。

過集中の一種なのだろう。

たとえば、子どもの頃は誰かに呼ばれて道路を渡るときは危険でいっぱいだった。クルマがくることに気づかず轢かれそうになったことが何度もあった。事故を心配する父によく怒鳴られた。

複数の料理を作るのが苦手だ。サラダに意識が向きすぎて、シチューを焦がしてしまうことなど珍しくはない。

実家に住んでいた頃は、テレビに集中してお風呂を沸かしすぎてしまうなど、日常茶飯事だった。

自分のそういう性格がわかっているから、気をつけて生きているつもりだ。だが、ときにうっかりをやってしまう。

「荷物な、後ろに置いてけ」

言葉とともにクルマの後ろにまわり、観音開きのリアゲートを開けた。

真冬がザックを下ろして地面に置くと、友作はさっと持ち上げてラゲッジルームにしまった。

「ありがとうございます。ヨンマル元気みたいですね」

「ああ、絶好調だよ」

友作は目尻を下げて、ヨンマルの平らな側面ボディをはたはたと叩《たた》いた。

友作お気に入りのクルマは、トヨタのランドクルーザー44型というクラシックな四輪駆動車だった。

昭和五七年式、つまり一九八二年の製造というから、もうすぐ四〇歳になる。サビも進んでおらず、数年前に施したという塗装もきれいだった。一九六〇年に40型からスタートしたことからヨンマルという愛称で呼ばれている。

「よかった。わたしもヨンマルくんに会いたかったですよ」

「かわいいんだよなぁ。こいつは」

友作は目を細めて赤いボディを眺め回した。屋根の部分が白いFRPなのもおしゃれだ。このFRPトップは軽量化のために採用されたらしい。

まるい二つの目が際立つデザインのヨンマルはどこか動物くさい顔をしている。そればかりか、ボディの四隅も丸っこくてかわいらしい。

アメリカ合衆国でも長年人気があって、あちらではブルドッグと呼ばれているとのことだ。

真冬も網走に来てヨンマルに乗れるのを楽しみにしていた。

《藻琴山ロッジ》にはもう一台、友作の妻である菜美子《なみこ》が運転するために、いまどきのミニバンもある。が、友作はヨンマルが大好きでいつもこのクルマで迎えに来てくれる。

友作が助手席のドアを開けてくれた。

高いステップに足を掛け、アシストグリップを握って車内に入り込む。

チョコレート&アイボリーのツートンファブリックのやわらかめシートにすべり込んだ。

ヨンマルは鈍いエンジン音を立てて走り始めた。

空港の西側に沿った国道六四号へは入らず、町道で空港の南端を通って東へと進んだ。

「八月に来てくれたら、国道をぐるっとまわるとこなんだけどな」

友作が前方へ視線を置いたままで言った。

「なにが見られるんですか」

「有名なヒマワリ畑があるんだわ」

「あ、この近くなんですね。女満別のヒマワリって」

雑誌でヒマワリ畑に降り立つような飛行機の写真を見たことがある。

「そうさ、そりゃあすごいんだ。四〇万本だっていうからさ」

「見てみたいなぁ」

「あと、網走湖畔の大曲《おおまがり》湖畔園地ヒマワリ畑はそろそろ見頃だけど、その四倍以上あって二六〇万本も咲くんだ」

「そりゃすごいじー」

つい真冬は訛ってしまった。

「あはは、連れてってやってもいいぞ」

友作は嬉しそうに横顔で笑った。

あたりは一面の畑地で、絨毯《じゅうたん》のような麦の穂が青金色に輝き、トウモロコシがずらっと穂を空に向かって伸ばしている。

防風林として植えられた針葉樹が整然と並んでいた。

このあたりではどこでも見かけるが、まさに北海道という景色である。

もちろん真冬はこの景色が大好きだ。

夏の東オホーツクは、日本全国でも美景上位に入ると信じている。

「いや、真冬ちゃん、大人っぽくなったな」

黒い樹脂の大きなステアリングを握りながら、友作が正面を向いたままで言った。

「老けたって言いたいんでしょ。来年でもう三十路《みそじ》なんですよ。わたし」

真冬はおどけた声で答えた。

「へぇ、もうそんなになったかね。でも、真冬ちゃんは変わらずきれいだよ」

「ありがとうございます」

真冬は素直に礼を述べた。

「この前来たのは何年前だったかな」

「夏休みに来たのが八年前です」

大学を卒業する前年の冬にも《藻琴山ロッジ》にはお世話になった。

だが、その後は忙しくてすっかりご無沙汰してしまった。

年賀状もやりとりしていたが、進路などは伝えていなかった。

警察官僚になったことを伝えるのが恥ずかしかったのかもしれない。

国家権力の一翼を担う固くるしい仕事に就いたことを伝えにくい自由さが友作にはあった。

「そんなに経つか。俺も年とるわけだな」

ちょっと嘆《なげ》くような声で友作は言った。

「なに言ってんですか、遠山さん若いですよ」

「俺もう五六だ。アラカンって年になったよ」

陽気な声で友作は笑った。

「そうかぁ、前に来たときは四〇代だったのにね」

釣り込まれるように真冬も笑った。

空港を出てから車窓の畑地の景色はずっと変わらない。

単調だという人もいるかもしれないが、真冬には安らぎを覚える風景だった。

「菜美子さんもお変わりなく？」

友作の妻で《藻琴山ロッジ》の女将《おかみ》さん、というよりお母さんだ。ひとつ年下なので五五歳になるはずだ。

ふたりは似合いの夫婦というのか、ともに至って好人物でやさしい。

夫婦仲もよいが、子どもがいないので、真冬を子どものように扱ってくれる。

真冬は《藻琴山ロッジ》に滞在している間、第二の実家に帰ったような心地よさを感じていた。

「ああ、元気元気、最近太ったよ」

もともと痩せぎすだった菜美子なのだから太ったくらいのほうが、ちょうどよいのではないだろうか。

「わたしのオホーックのお母さんだもの」

「あはは、あいつも朝から首長くして待ってるよ」

菜美子のあたたかい笑顔が目に浮かぶ。

「早く会いたいなぁ」

真冬はやさしい菜美子が大好きだった。

「それにしても真冬ちゃんがルポライターになるとは思わなかったな」

いかにも意外そうな友作の声だった。

「わたし旅好きですから、旅行雑誌の仕事は楽しいんです」

真冬はにこやかに答えた。

「そうだなぁ。学生んときも、うちに一週間ばかりもいたもんなぁ。配膳とかずいぶん手伝ってもらったな。ありゃあ真冬ちゃん、いくつだったっけ」

なつかしそうな声を友作は出した。

「一回生の一八歳の夏に初めて来て三泊しました。その冬にも三泊して流氷を見ました。一週間お世話になったのは二回生の夏です。三回生の冬にも三泊お邪魔しました。最後は四回生の冬で、やっぱり三泊でした。二回生のときにはたいして働いてないのに、ご飯タダにしてもらって嬉しかったです」

真冬の脳裏に楽しかった日々が次々に蘇《よみがえ》った。

「いやいや、一所懸命働いてくれたもの」

友作はほがらかな笑顔で首を横に振った。

「でも、失敗も多かったですから。内湯の掃除してて、日帰りの露天風呂のお客さんが来たんで玄関行ったらすごい風だったでしょ。洗濯物が飛びそうなんであわてて取り込んで戻ったら廊下が水浸しで……」

てへへと真冬は笑った。

「そうそう、真冬ちゃん、内湯の水道止めないで出ちゃったよな。見た目と違ってそそっかしいんだ。この人は」

友作がなつかしそうに言って笑った。

京都大学の学生時代には日本全国のあちこちを旅した。

それでも法学部生としての学業成績はかなりよいほうだった。

ここの景色や自然が気に入ってほかの土地よりずっと多くの時間を過ごした。

なによりふたりのやさしさに包まれる時間が好きだった。

だが、今回は遊びに来たわけではない。

ルポライターという職業も表向きのものである。

仲のよい友作夫婦に偽りの身分を名乗るのはこころが痛むが、職務のためなのでいかんとも難い。

2

——網走中央署に開設された捜査本部に不正疑惑があるという情報が入っている。女満別に飛んでくれ。

一昨日、長官官房審議官室に呼ばれ、明智光興《あけちみつおき》警視監から直接に下された命令であった。

よく通る声で静かに告げたあと、明智は細い眉を神経質な感じにピクリと動かした。ラウンド型のシルバーのメガネの奥に光る目からは少しの感情も読み取れなかった。きちっと着こなしたチャコールグレーのトラディショナルスーツが細面《ほそおもて》の色白の顔に似合ってはいる。だが、真冬にはその秀才らしい容貌はひどく冷たく感じられた。

明智は警察庁長官官房審議官（刑事局担当）という地位にある。これは事実上の刑事局次長相当職である。

本来、警察内部の腐敗を暴くのは同じ警察庁長官官房に置かれた首席監察官をトップとした監察部局である。管区警察局にも首席監察官が置かれ、都道府県警では警務部に監査官が置かれる。

明智審議官は監察官とは別の立場から、全国都道府県警の問題点を調査することを考えて、地方特別調査官の職を設けた。

警察内部の不祥事の情報を把握した場合、警察庁、管区警察局および都道府県警察に置かれた監察官は、最初から計画的に監察を行うことを目的として動き出す。

これに対して真冬の職責は、不祥事の実態を調査し、監察に及ばずとも済むような軽微なものについては警告に留めて、事案は非公開で処理する。特別調査官は都道府県警内の自浄作用を促すことを目的として設置されているのである。もちろん、明智が必要と判断した場合には監察官に事案を廻附《かいふ》し事案を公開することになる。

この特別調査官の新規設置については、むろん長官官房に所属する首席監察官との合意は形成されている。

ある意味テストケースに過ぎないので、今後、本格的な運用がなされるかは真冬の仕事ぶりに掛かっているとも言えた。

監察官より小回りの利く存在として、各都道府県警本部の綱紀《こうき》のゆるみや不正を発見したり矯正したりする役割が真冬に期待されているらしい。

一ヶ月前、刑事局刑事企画課の課長補佐だった真冬に、この異動が命ぜられたときには大きなショックを受けた。

自分は順調にキャリア街道を歩んでいたはずだ。

仕事には全身全霊を掛けてきたし、大きな失態をした覚えもなかった。

うっかり癖を仕事上で出さないために、いつも注意深く生きてきた。

それなのに、警察官僚としての檜《ひのき》舞台から下ろされ、言葉は悪いがドサ回りを演じさせられるような気持ちになった。

まさに流刑にあった気分だった。

自分のどこに落ち度があるのかわからず悩みに悩んだ。

発令の数日前に、ふだんは滅多に口もきけないような明智に呼ばれた。「警察庁の新しい試みだ」と告げられた。

明智は「君はわたしの直属の部下となる。すべての報告は直接に連絡するように」との命を下した。

キャリア同士とはいえ、三階級も上の警視監である明智と直接に連絡を取れる立場は特殊だ。

だが、明智というあたたかみを感じず、感情や思考の読み取りにくいタイプとの対話は楽しいものとは言いがたかった。

真冬は二日間、悩み続けた。

拝命を受けないということは、キャリア人生を捨てることになる。

明智に負けて警察庁から追い出されたことになる。

せっかく人生を賭けて国民の安全を守っていこうとの決意を抱き続けていたのに、すべてがむなしくなってしまう。

真冬が幼かったあの春の日。

ひとりの警察官として、懸命に悪と戦って父は死んだ。

父はあの日も「かーか、おゆるっしゅ」と言って家を出た。

日々聞いていた母さんをよろしく頼むという言葉は、父の遺言となってしまった。

真冬は事情がよくわからないままに、母と二人暮らしを始めた。

しかし、一年も経たないうちに母も病に斃《たお》れた。

中学生になってから、母が抱えていた病気について祖母が話してくれた。

母は真冬が三歳の頃に若年性心筋梗塞の発作を起こしていた。冠動脈にステントを入れる手術を行っており、定期的に通院もしていた。それでも母の日々の暮らしはさまざまな注意を要するものだった。母は真冬が学校に行っている間に二度目の発作を起こしたのだった。

母が死んだ日のことはいまでも思い出すとつらい。

入学したばかりの小学校から帰ると、母は事切れていた。

父の言葉は病を抱えていた母への思いやりだったのだ。

真冬はたったひとりの親族だった父方の祖母に引き取られ、医王山の麓で大人となった。

国家公務員採用総合職試験に合格し、どの省庁を選ぶかとなったとき、真冬は迷わず警察庁を訪ねた。父が見舞われたような悲劇を少しでも減らしたいと考えたからだ。

殉職警官の子だったためか試験成績が上位だったからなのか、真冬は同期としては女性でただひとり警察庁に採用された。警察官僚としての人生を歩き始めたのだ。

真冬の気持ちは、自分が試金石になる必要があるなら受けるべきだという方向に変わった。

それに組織から離れて流浪の民になるのは、今後の人生にとって役に立つことかもしれない。いや、理屈抜きに楽しい部分もある。

（いっそノマドになってみよう）

もともとの意味は遊牧民、流浪者……。

近頃は決まったオフィスで働くのではなく、好きな時間に好きな場所で働く人間や働き方をノマドと呼ぶ。

そんな警察官僚など、ほかにいるはずもない。おもしろいではないか。

もともと真冬は楽天家なのだ。

ノマド調査官を自認して職務を期待以上にこなしてやろうと決意して、真冬は発令書を受け取った。いつかは自分を流刑に追いやった明智を見返してやりたかった。

今回の網走行きは調査官としての記念すべき初仕事だった。

だが、なぜ自分がこの特別調査官に選ばれたのかは、まったく告げられなかった。警視の自分が警視監の明智審議官に質問できるはずもない。何度考えてもどうしてもわからず、釈然としない気持ちを抱き続けたままだった。

こころのなかに疑問を抱えつつ、真冬は旅支度を続けたのだった。

「今夜はさ、タラバだよ」

真冬の考えは友作の弾んだ声でさえぎられた。

「えー、すごい！」

素直な喜びの声が出た。

「あはは、いちばん美味《うま》いのは九月と一〇月なんだけどな。でも、今日はいいのが手に入ったぞ」

誇らしげな友作の声だった。

網走港は、タラバガニをはじめアブラガニ、毛ガニ、ズワイガニなど各種のカニが獲れる。

そのほかにもたくさんの魚介類に恵まれている。

「今日はお客さん多いんですか？」

「いや、真冬ちゃんひとりだけだ」

友作がタラバガニを出してくれるときは、一杯まるごと使う。

「え、それなのにすみません」

真冬はちょっとじーんときた。

もちろん真冬ひとりでは食べきれないので、いつもならほかのお客さんと一緒に食べることになる。が、ほかにお客さんがいないとなると、友作夫婦と三人でタラバ一杯まるごと食べられるわけだ。

「なぁも、真冬ちゃん久しぶりに来てくれたものなぁ」

友作は嬉しそうに笑った。

「ほんと嬉しいです」

こんなによくしてくれる友作夫婦を、騙《だま》すようなかたちになって本当に申し訳ないと思った。

ほかの宿を取ればよいのかもしれない。だが、今回の調査には友作の協力がどうしても必要だった。

友作は東オホーツクの自然に詳しい。

東オホーツクという言葉には自治体などが定めた正式な定義があるわけではない。だが、現地では、斜里岳《しゃりだけ》の見える地域を指して使う場合が多い。具体的には網走市、美幌町《びほろちょう》、大空町、小清水町《こしみずちょう》、清里町《きよさとちょう》、斜里町《しゃりちょう》の一市五町がこれにあたる。これらの自治体にはオホーツク海を介してある程度の地域的一体感があるのだ。

友作は環境省から自然公園指導員を委嘱《いしょく》されていて、この地域の自然環境保護の一端をになうことを期待されている人物である。

しかし、真冬に言わせれば、友作はこの地の動植物に非常に詳しい「森の番人」なのだ。

友作が案内してくれる先には必ず動物たちがいる。まるで野生動物たちと会話ができるのではないかとさえ思われる。花が咲いていると言えば、そこには花が咲いている。花たちの息吹を嗅ぎ取ることができるかのような男であった。

そんな話をしているうちに東藻琴《ひがしもこと》の中心部へと入った。

大空町は二〇〇六年に女満別町と東藻琴村が合併して誕生した自治体であり、東藻琴地区はかつては独立した一村の中心地で村役場があった。

小さな市街には豪雪地帯とは違って平たい屋根が目立つ。

網走周辺の積雪量は決して多くはないのだ。

また、多くの人が抱くイメージとは異なり、北海道の北東部、網走・北見・紋別《もんべつ》地方は冬季も晴天が多いのである。

意外に思われるかもしれないが、日本一降雨量が少ない気象庁の観測地点は、サロマ湖畔に近い北見市常呂《ところ》だ。一九八一年から二〇一〇年の三〇年間の年間降水量が七〇〇・四ミリ、その後もずっとオホーツク海沿岸の観測地点がつづき大空町の東藻琴は七五六・八ミリで七位となっている。

雨が少ないことで知られている瀬戸内海沿岸地方は、いずれも一〇〇〇ミリを超えている。

反対に降雨量が多いのは、一位が鹿児島県屋久島《やくしま》で四四七七・二ミリ、二位が宮崎県えびのの四三九三・〇、三位は高知県魚梁瀬《やなせ》の四一〇七・九ミリとなっている。ちなみに首都圏では神奈川県箱根《はこね》が三五三八・五ミリで六位に入っている。

網走の暗い空のイメージは、網走刑務所を舞台とした一九六五年の東映映画『網走番外地』をはじめとする一連のシリーズから生まれたものかもしれない。モノトーンの暗い画面と主演の高倉健《たかくらけん》の不幸な境遇が網走のイメージとオーバーラップして定着してしまったのではないだろうか。

ちなみに映画で描かれた網走刑務所は一九八三年に全面改築され、かつての建物の一部が天都山《てんとざん》中腹に移築されて「博物館 網走監獄」として多くの観光客を集めている。かつての網走刑務所は日本一脱獄が困難な刑務所として知られ、重罪犯や政治犯などを収監していた。現在の明るい施設は法務省のサイトによれば「刑期一〇年未満で年齢が二六歳以上の犯罪傾向が進んでいる受刑者（B指標受刑者）を収容する短期累犯刑務所」となっている。

網走市の冬はもちろん寒いが、内陸部のようなことはなく、近年はマイナス一〇度より低くなる日は少ない。流氷の減少から冬季温暖化率は全国トップとなって、農漁業に対してさまざまな悪影響を与えているという。

友作の話では網走市内では小型除雪機を持っている家庭でも、ひと冬に数回しか使わない年が多いそうである。

もっとも、標高四〇〇メートル弱の位置にある《藻琴山ロッジ》ではそういうわけにはいかない。ある程度の積雪量もあるし、吹雪《ふぶ》く日は少なくない。

学生時代にあちこち旅するうちに、真冬は日本各地の気象の違いに興味を持つようになった。たとえば、同じ雪国でも金沢と網走では夏も冬もまったく気候が異なる。同じ道東地域でもオホーツク海沿岸に比べて太平洋沿岸、たとえば釧路《くしろ》周辺とではまったく気候が異なる。夏場の網走がスカッと晴れているときに、釧路地方は濃霧がかかっていることが多い。この霧が釧路湿原や霧多布《きりたっぷ》湿原を生んだ理由のひとつなのである。そんな釧路も冬場は良く晴れる。

そうした地域による気象の違いは地形や海などの影響によるものだが、旅行をする上ではとても重要である。たとえば、ある地方のその季節にふさわしい服選びひとつとっても気候がわかっていないと大きなミスを犯す。寒さに震えたり、暑さに参ったりする羽目に陥《おちい》る。

ヨンマルは、藻琴山の山腹を上って藻琴峠を経て阿寒《あかん》地方の屈斜路湖《くっしゃろこ》と摩周湖《ましゅうこ》の麓へと続く道道一〇二号、網走－川湯《かわゆ》線へと入った。

白いジャガイモの花が咲き乱れている畑地をはさんで、右手の遠くに藻琴山が見える。

標高一〇〇〇メートルの藻琴山は、屈斜路カルデラ外輪山《がいりんざん》のなかではいちばん高い山である。いまごろの季節はチシマギキョウやチシマセンブリ、コケモモなどの高山植物が咲き乱れる。

山頂からは屈斜路湖の眺めが素晴らしい。北海道自然一〇〇選にも選ばれているが、知名度が高くないためか登山客の姿は少ない。

途中の《ひがしもこと芝桜《しばざくら》公園》は全国的にも有名で、五月終わりから六月にかけての花期はたくさんの観光客で賑わう。このため、道道一〇二号線は芝桜街道と呼ばれている。

この公園内には温泉が湧出しており、芝桜の湯という日帰り入浴施設が営業している。

真冬たちが向かっている《藻琴山ロッジ》はここからさらに二〇〇メートルほど標高の高い位置にある。

やがて、ヨンマルはゆるやかな斜面にどこまでもひろがる牧草地帯に入ってきた。

しばらく坂道を上ってゆくと、右手の草で覆われた丘の上に茶色い木の壁を持つ二階建ての《藻琴山ロッジ》が見えてきた。本館横には高い鉄骨の骨組みの上に設《しつら》えられた露天風呂も見える。

友作が「天空の湯」と呼んでいる自慢の風呂だった。

ズザザッと砂利の音を立てて、ヨンマルは建物の前の広場に滑り込んだ。

クルマが停まると、真冬はすぐさまドアを開けて大地に降り立った。

ラゲッジルームから友作が取り出してくれたザックをゆっくりと背負う。

真冬はゆるやかな丘を建物へ向かって歩いた。

途中で期待して振り返ると、オホーツクの海がひろがっている。

「うわっ、やっぱりきれいっ」

ほかの海とは色が違う。金沢の海とも横浜や湘南《しょうなん》の海とも違う。横浜の海は神奈川県警時代に職場である本部庁舎の前にひろがっていたし、湘南地区には何度か遊びにいった。

夏のオホーツクはいくぶん淡い青に染まる日が多い。

「なんせ今日はオホーツクWブルーだもんな」

隣で友作も海の色に見入っている。

「空と海の両方ですね」

「ああ、こうして見るとさ、やっぱしここは日本一いいとこだと思うよ」

友作は口もとをゆるめた。

右手には鋭い山容を持つ斜里岳の雄姿も望める。

部屋からゆっくり見ようと真冬は建物へと踵《きびす》を返した。

建物の玄関横にはむかしに変わらず立派なイチイの木が生えている。

イチイの影から淡いグリーンのエプロンをつけた女性が現れて手を振っている。

宿の女将の菜美子だ。

「菜美子おかあさんっ」

大声を上げて、真冬は菜美子の立つイチイの木へと走った。今度は転ばないように気をつけて……。

にこにこ笑っている菜美子を見て、たまらずに真冬は抱きついた。

「真冬ちゃん」

菜美子も真冬の背中に手をまわした。

ぬくもりが伝わって真冬は涙がこぼれそうになった。

ふたりはちょっとの間、抱き合ったままでいた。

友作はちょっと笑って先に建物に入っていった。

身を離した真冬はあらためて八年ぶりの菜美子の顔に見入った。

目尻の小じわが少しだけ増えたが、菜美子は驚くほど変わっていなかった。

細面でちまっとした顔立ちだが、少し切れ長の黒目がちの瞳は少女のように澄んでいる。

友作は太ったと言っていたが、菜美子の体型はほとんど変わっていなかった。相変わらず小柄で痩せぎすで、黒いスパッツの足も細い。

「きれいになったねぇ、真冬ちゃん」

菜美子がしみじみとした声で言った。

「そんなことないです。年とっただけ」

真冬は照れて笑った。

「とにかく、まぁ、なかに入ってよ」

菜美子は弾んだ声で言った。

3

玄関を入ると、なつかしい空間がひろがった。

八年前に訪れたときとなにも変わっていなかった。

玄関の内側には、友作の釣り道具やガソリンランタンなどが置いてある。

正面に二階に上がる木の階段があって、右手には食堂がある。

壁に染みついた石油ストーブの灯油の臭いも八年前のままだ。

「いまお茶淹《い》れるから、ちょっと待っててね」

せわしなく言って菜美子は奥へと消えた。

真冬は食堂に入ると、ザックとショルダーバッグを床に置いてテーブルについた。

食堂内にはたくさんの風景写真が飾られている。

あかね色に染まる流氷、咲き乱れるチシマザクラと雪を残した斜里岳、一面のジャガイモの花の向こうに七本の針葉樹が等間隔に並ぶメルヘンの丘に浮かぶ虹。みんなこの近辺の風景である。すべて見事というほかない写真だった。

雪上でオオワシとキタキツネがにらみ合う珍しい写真もあった。

風景写真の大家である和久宗之《わくむねゆき》が撮った写真が畳半分ほどのサイズに引き延ばされているのである。このような絶景スポットをよく知っていて親切に案内する友作は、和久にも愛されている。

もっとも和久は知床《しれとこ》などではほかのガイド役を頼むことが多い。友作は不満げに言っていたことがある。

真冬は和久の顔は知らないが、その写真と名前は雑誌やウェブで何度も見かけたことがある。

しばらく待つと、菜美子が三人分の緑茶を運んで来た。

友作はお菓子の入った木のお盆を捧げ持っている。

緑色の包装紙にくるまれたクッキーが載っていた。

「冬から春に来てくれたら、エミューの生ドラ食べさせてやったのにな」

友作はちょっと悔しそうに言った。

「ああ、噂《うわさ》のあれですね」

網走湖の呼人《よびと》半島に近いところには東京農業大学の生物産業学部キャンパスがある。

ここが経営しているバイオインダストリーという会社は、スキンケア商品やこだわり食品などを研究開発し発売している。

いちばん人気は、キャンパス内で飼育されているダチョウの仲間のエミューの卵を使った生どら焼きだ。産卵時期が一一月から四月と限られるため、期間限定の商品なのだ。

飛行機のなかで紹介記事を見ていつかは食べたいと思っていたが、その時期にふたたび網走を訪れることができるとよいのだが。

「でも、これも東京農大のお菓子なのよ」

「農大クッキーですね！」

真冬の声は弾んだ。

これも紹介記事で読んだお菓子だ。

包装紙には「東京農大」の四文字が躍っている。

隣の北見市はかつてハッカの街だった。戦前は和種ハッカの全国生産量の七割が北見産であった。戦後、海外産のハッカや合成ハッカに押されて衰退し、現在は生産農家も少ない。

このクッキーは北見で育成された和種ハッカの結晶を溶かして、地場産の小麦の生地に練り込んで焼き上げ、同じく北見産のホワイトチョコレートをサンドしたものだった。

「全部食ってもいいんだぞ」

友作は陽気に笑った。

「そんなに食べたら、夕飯が食べられなくなっちゃうでしょ」

菜美子が声を立てて笑った。

ホワイトチョコレートは口当たりがよく、クッキー生地のサクッとした歯ごたえを楽しんでいると、スーッとハッカの香りが口のなかにひろがった。

個性的でなかなか美味しいお菓子だった。

「ところで、今回は東オホーツクの動物や植物の取材なのかな？」

クッキーを一枚食べ終えると友作は身を乗り出した。

「ええ、まあその……」

「まぁ、北海道のなかでも、東オホーツクみたいに、いろんな動物がいるところも少ないな」

自分が褒められでもしたように、友作は得意そうな声で言った。

「キタキツネにエゾジカ、オオワシやオジロワシ、それにエゾフクロウ……また、会えるといいなぁ」

「みんな俺の仲よしだからな。海の動物にも会えるかもしれんぞ。アザラシやシャチとかな。クジラだっているからな」

「この人、本気で動物たちが友だちだと思ってるのよ」

ちょっとあきれたように菜美子は言った。

「いや、友だちだよ」

まじめな顔で友作は答えた。

「でも、ヒグマは嫌でしょ」

「そだな、クマには会いたくねぇな」

友作は頭を掻《か》いた。

「でも、今回はそっちの取材じゃないんです。サンカヨウに会ってみたいんです」

真冬は本来の目的を切り出した。

「え？　サンカヨウ？」

友作は驚きの声を上げた。

サンカヨウ、漢字で書けば山荷葉はキンポウゲ目メギ科の多年草である。

白く小さな花はおおむね五月から七月頃に咲く。

サンカヨウの花はほかの花にはない魅力がある。

水に触れると花びらがガラスそっくりに透明になるのだ。

その可憐な美しさは多くの人に愛され、「森の妖精」と呼ばれることも多い。

北海道だけではなく、本州の冷涼な地域、たとえば尾瀬《おぜ》や志賀高原《しがこうげん》、戸隠《とがくし》、栂池《つがいけ》などでも見ることができる。

だが、深い山奥の湿った土地だけに育成し、開花すると一週間ほどで散ってしまうので花を見ることはかなり難しい。幻の花と呼ぶ者もいる。

「しかし、真冬ちゃんはこのあたりにサンカヨウが咲いてるってよく知ってたわね」

感心しように菜美子は言った。

「見られますか?」

「いまの時季なら見られるよ。だけどなぁ……」

友作は口ごもった。

「どうかしたんですか?」

「いや、去年の夏のことだけどな。サンカヨウの咲いている湿地で殺人事件があったんだよ」

友作は声を落とした。

「嫌な事件だったわね」

菜美子も沈んだ声で言った。

「実は今回はその事件のことで取材に来たんです」

静かな声で真冬は告げた。

「え?　そうなの?」

菜美子が驚きの声を上げた。

「びっくりだよ」

友作も目を大きく見開いた。

「今回は実話ルポ系の会社の仕事で、迷宮入りしかけているそのサンカヨウ殺人事件

について の記事を書かなきゃならないんです」

苦しい言い訳を真冬は口にした。

「真冬ちゃんは旅行雑誌とかそういう仕事しかしてないのかと思い込んでたよ」

友作に電話で予約を入れたときに、そんな風に伝えていた。

「フリーライターはいろんな記事を書かなきゃ食べてけないんですよ。動物たちにも会いたいけど、そっちは趣味の世界にしなきゃならないんです」

真冬は嘆くように言った。

明智審議官からの第一の指示は、昨夏に大空町内の湿地で起きたその殺人事件の調査だった。

網走中央署に捜査本部は立っているが、捜査は進展していない。

二〇一五年に発表された警察庁の方針で、殺人などの凶悪事件の捜査本部での集中捜査は事件発生後一年間とされている。本件の場合は今月の二五日を以て捜査本部は解散する。

その後、五年を経過するまでは、管轄警察署の専従班が捜査を行う。本件であれば網走中央署刑事課で専従班を作ることになる。五年を経過した事件、いわゆるコールドケースについては、都道府県警本部に設置された未解決専従チームが引き継いで捜査することになる。

　真冬としては捜査本部が解散する前に、調査の結果を出したいと考えていた。約三週間しか時間は残されていなかった。

「殺されたのは女性カメラマンなんですよね？」

　真冬の問いに友作は沈んだ顔でうなずいた。

「そう。南条《なんじょう》さんっていう若い娘さんでね。サンカヨウの花を撮影に来てたプロのカメラマンだったんだ。それがこの大空町内の俺の庭みたいなところで殺されたんだからなぁ」

「遠山さんのテリトリーで悲しい事件が起きちゃったのですね」

「そうなの。このあたりじゃ滅多にない悲惨な事件だったのよ。かわいそうにねぇ」

　菜美子の顔は本当に悲しそうだった。

　網走中央署に立った捜査本部の集めた捜査資料は、ひそかに入手している。

　被害者は東京都世田谷区在住だった南条沙織《さおり》、二七歳。

　ネイチャーフォトを中心に撮影をしているプロカメラマンだった。おもに花と野鳥をテーマにしていたようだ。

　だが、それでは食べていけず、雑誌やウェブ媒体の仕事をはじめ、商品撮影やモデル撮影など、さまざまな仕事をこなしていた。

未婚で独り暮らし。埼玉県に公務員夫婦の両親とサラリーマンの弟がいる。

「遠山さんはお知り合いだったんですか」

彼女について詳しいことを知っているかもしれない。

「顔見知りっていう程度だな。南条さんは何度か網走周辺に撮影に来ている。俺は一昨年の冬のときに二《ふた》ツ岩《いわ》近くの台地に斜里岳を撮りにいった和久先生を案内したことがあるんだ。そのとき、彼女もそこにいてね。ちょっとだけ話した。感じのいい娘さんだったんで気の毒でねぇ。今度案内してやるからうちに泊まりに来いって言ったんだけど、結局来なかったな」

「二ツ岩というと網走市街の北のほうですよね」

「そうそう、能取岬《のとろみさき》の根元っていうか。そのあたりの海岸だよ。裏手に台地があってね。畑地になってるんだけど、斜里岳の眺めがいいんだよ」

「知っている人だと余計に悲しいですよね」

「うん、俺がサンカヨウを案内してたら、あんな事件に巻き込まれなかったかもしれない。そう思うと、無理にも誘っときゃよかったかなと悔やまれるよ」

友作は唇を噛《か》んだ。

「撲殺って新聞記事には出ていましたね」

「頭を後ろからなにかで殴られたらしいんだ。網走の警察署や札幌から刑事さんやおまわりさんがいっぱい来て大騒ぎだったんだよ」

「遠山さんも、事件のときにその場所に行ったんですか？」

現場《げんじょう》という言葉が出かかるのを、真冬はぐっと抑えた。

「ああ行った、行った。網走のアマチュアカメラマンが発見して泡食って一一〇番通報したんだ。だけど、ふつうの人にはわからない場所じゃない。駐在さんから頼まれてね。遺体が発見された日に案内したんだよ。結局、三回も行かされた」

友作は顔をしかめた。

「そんな場所にその南条さんは一人きりで撮影に来てたんですか？」

第一の疑問はやはりそのことだ。

「そこが不思議なんだ。南条さんが写真を撮っていた湿地ってのは、浦士別川《うらしべつがわ》って川をぐんと遡《さかのぼ》った深い森の奥でね。俺にとっちゃ庭みたいな場所なんだけど、あんまり知ってる人がいないんだ」

「そんな場所に一人で……」

やはり不自然だ。

「このあたりだと標茶町《しべちゃちょう》の虹別原野《にじべつげんや》ってとこの森のなかにもサンカヨウの咲く場所があってね。そっちはまだそこそこ知られてるんだ。それでもネットなんかには記事も出てないけどね。だけど大空町の浦士別川のほうは地元の人間の一部しか知らないからなぁ」

友作はしきりと首を傾《かし》げた。

これは重要な情報だ。この事件には必ず地元の人間が関わっているはずだ。

「じゃあ、誰かがその場所に案内したんですね？」

「間違いなく案内した人がいたはずだよ。林道からは一五〇メートルくらい入った程度の場所なんだけど、立て札があるわけじゃない。それにさ、獣道《けものみち》に毛の生えたような道しかないんだ。クマも怖いしな。クマの出没状況はチェックしないと山には入れないからね」

たしかにこのあたりも一歩山に入ると、ヒグマの生息地だ。

都会の人間が一人で訪れるとは思えない。

案内をした人物が犯人の可能性が少なくない。

だが、なんのために？

この殺人事件は動機については、とにかくなにもわかっていなかった。

現場には、高価なカメラや三脚はもちろん、財布やカード類もそのまま残されていた。ただし、スマホは発見されていなかった。

また、遺体に性的暴行を受けたような痕跡はなかった。

仮に怨恨犯であるとしても、殺害場所が特殊すぎる。

友作が言うとおりの山奥で、目撃者がいないため地取りはまったく進んでいなかった。被害者の周辺部に怪しい人間は見つかっておらず鑑取りもはかどってなかった。

だが、明智審議官は、捜査が停滞しているのは網走中央署内に問題があるためだとの情報を入手していた。

「でも、案内したっていう人も出てきてないんですね」

真冬の問いに友作は大きくうなずいた。

「ああ、南条さんは地元のアマチュアカメラマン連中とも親しかったんだけど、案内したっていうヤツはいない。もっとも、その連中にも浦士別川の現場を知ってるのは何人もいないはずなんだけどね」

「この人も容疑者だったのよ」

菜美子がとつぜん奇妙なことを言った。

「え？　遠山さんがですか？」

真冬は驚いて訊いた。

捜査資料に友作の名前は出ていなかった。

「いや、そうなのよ。俺もさ、中央署に引っ張っていかれて取り調べ受けたわけよ。たしかに俺はあの場所をよく知ってる。それに、プロもアマもたくさんの写真家をいろんな場所に案内してるからな」

「よかったね。奥さん孝行しといて」

菜美子がイタズラっぽく笑った。

「あ、殺人のあった日には、どこかよそにいってたんですか？」

「うん、殺されたのは遺体が発見された日の前日昼頃らしい。えーと、つまり去年の七月二五日だな。その日は木曜日でお客さんいなかったたし、こいつの誕生日だったから、二人で札幌に行ったんだわ。向こうで知り合いのやってるレストランに行ったし、友だちにも会ってね。だから、俺には、しっかりしたアリバイがあったってわけだよ」

友作は屈託のない笑みを浮かべた。

「それはなによりでしたね」

刑事警察はアリバイには弱い。

もっとも友作をいくら調べても動機のかけらも見つからなかっただろう。

「そうよ、刑事が来たのはお盆過ぎだっけな。とにかくアリバイがあったんで無罪放免だ。だけどねぇ、いくらなんでもこの俺が人を殺すようには見えないだろ」

友作が善人丸出しの顔で口を尖らせているのを見ると、笑いそうになった。

いや、笑いごとではない。

被疑者扱いされたとき、友作はどんなに心細くつらい思いをしただろう。

たまたましっかりしたアリバイがあったからよかったが、そうでなければ長いこと身柄を拘束されていたかもしれないのだ。

「警察官というのは、ひとを疑う仕事なんでしょうね」

気の毒になって真冬はちいさい声で言った。

刑事警察は少なからずそういう性質がある。

自分がその一員であることは間違いがないのだ。

「ま、すぐに疑いが晴れたし、一年も経つと笑い話だよ」

友作は快活に笑った。

「この人ね、武勇伝にしてるのよ」

菜美子はまたもあきれ声で言った。

「別にそんなことはないってさ」

友作はとぼけた顔で笑った。

「ほかに取り調べられた人はいるんですか」

「俺も警察の人間じゃないから詳しいことは知らないけど、さっき言ったアマチュアカメラマン連中はいちおう話を訊かれたんだよ。四人ばかりかな」

友作は気難しげに答えた。

「その人たちに会うことってできるんでしょうか」

「三人はリタイア組だから、ヒマしているだろう。飯でもおごってやれば話くらい聞けるよ。あとひとりは網走市役所に勤めてるよ」

「ご飯おごるくらいぜんぜんＯＫです。経費で落ちますから」

各所轄署の出張と違って、真冬の調査経費にはゆとりがある。

なにせ明智審議官の下命による調査なのだ。

「で、いまも大空町の人たちのショックは続いているんですか」

真冬は注意深く訊いた。

「まぁ、そのときは大騒ぎになったんだけど、人の噂も七十五日って言うじゃないか。最近はみんな忘れているよ。真冬ちゃんが記事にしても大丈夫だよ」

友作はおだやかな声で言った。

「よかった。まずは、サンカヨウの咲いている浦士別川の湿地に行ってみたいんですけど」

「もちろんだよ。お安いご用だ」

「じゃあ明日にでも連れていってもらえますか？」

明るい声で真冬は頼んだ。

「かなりの山奥だけど大丈夫か？」

「ぜひ、見たいんです。よろしくお願いします」

「ああ、まかせてくれ」

友作は頼もしい声で請け合った。

「取材協力費をお支払いしますので」

真冬の申し出に友作は首を横に振った。

「ほかならぬ真冬ちゃんのためだ。宿泊費だけでいいよ」

「そうよ、うちは泊まってもらえればそれでいいんだから。この人、いろんなカメラマンを案内してるけど、ガソリン代くらいで、ほとんどお金もらってないのよ」

菜美子はニコニコと笑った。

いかにもこの夫婦らしいな、と真冬は嬉しくなった。

「すみません、ガソリン代は毎日五〇〇〇円くらいでいいですか？」

「そんなに要らないよ。二〇〇〇円ももらえばじゅうぶんだよ」

足が出そうなら、追加で払おうと思った。

「それから夕飯を網走市内で食べる日もあると思うんですけど、お許しください」

調査のために夜まで網走市内にいることも必要だろう。

「かまわないわよ。取材の都合なんでしょ」

菜美子は鷹揚《おうよう》な調子で言った。

「そうなんです。もちろん、そういう日でも一泊二食分はお支払いします」

ここ《藻琴山ロッジ》では、一泊二食七〇〇〇円でとんでもないご馳走を出してくれる。

「そんな……一食分はいいわよ」

顔の前で菜美子は手を振った。

「いろいろ迷惑掛けちゃうから」

「そう……じゃあ……」

菜美子は口ごもった。

「あのさ、大学生だった真冬ちゃんがこうして仕事でうちへ泊まりに来てくれるようになったんだ。お祝いの意味で宿泊料だけはきちんともらっとこう」

友作の言葉に菜美子は苦笑した。

「なんかそれ、逆さまのような気がするよ。お祝いだからまけとこうっていうところじゃないの？」

「いいんだよ。それから真冬ちゃん、夕飯を網走市内で食べるときとか、迎えに行ってやるから遠慮しないで電話してな」

「ありがとうございます」

真冬は顔の前で手を合わせた。

網走からここまでは四〇キロ近くはある。気軽にタクシーを使える距離ではない。

友作の言葉は本当にありがたかった。

「夕ご飯の前にお風呂入ってらっしゃいな。今日はほかにお客さんいないから、どんなにゆっくり入っていても大丈夫よ」

菜美子が明るい声で言った。

「はぁい、お風呂頂いてきますね」

真冬はウキウキしながら席を立ち上がった。

4

いつもと同じ玄関の真上にある「イチイ」という名の二階の部屋に入ると、イチイの木の向こうにオホーツク海と知床半島の山並みが見えた。

この部屋は館内でいちばん眺めがよいのだ。

真冬は浴衣に着替えると、タオルとバスタオル、洗面用具、化粧ポーチを手にして階段を下った。

「天空の湯」は本館のすぐ横にある。

木造の小さな脱衣小屋があって、小屋のなかから一〇段ほどの鉄階段を上ると露天風呂へ辿《たど》り着く設計になっている。

八畳ほどの脱衣小屋に入ると、館内と一緒で八年前と少しも変わっていない。

部屋の隅にテーブルと椅子が置いてあって、化粧をする際などに便利だ。

このあたりにも遠山夫婦のきめ細かいやさしさを感ずる。

入口の鍵を閉めると、露天風呂までがひとつの密室になる。

客は自分ひとりだし、敷地内に入ってくるものはいないと思うが、念のために施錠した。

壁に掛かっている寒暖計を見ると一七度だ。

八年前はマイナス一七度だったことをなつかしく思い出した。

あのときはウール羽織を着ていたが、湯に入るまでは寒くて仕方がなかった。

湯船では濡れたタオルが板のように凍った。

いまは浴衣一枚で快適だ。

浴衣を脱いだ真冬はバスタオルを身体に巻いた。風呂へ続くアルミ扉を開けると、そこに置いてある樹脂サンダルを突っかけた。

両側に木の塀の目隠しがある鉄階段を上ると露天風呂だ。
三、四人入れるくらいの木の浴槽が設けられ、手前には洗い場が広くとってある。
手桶で浴槽の湯を汲《く》んで、ボディソープを使って身体《からだ》をていねいに洗う。

いよいよ待望の温泉に入る。

「うーん、最高っ」

湯のなかで真冬は思わず叫んだ。

手足を伸ばすと全身の緊張が一気にほぐれてゆく。

木樋《きどい》からは透明な湯がとうとうとあふれ出る。

もちろん源泉掛け流しだ。それだけではなく贅沢《ぜいたく》な湯量なので鮮度も抜群である。

分析上では単純泉ということだが、少しぬるみを持ったやわらかい湯である。

手足には炭酸成分なのか、小さな気泡がたくさんまとわりつく。

これがまた気持ちがよいのだ。

身体からどんどん毒素が抜けてゆく。そんな気がしてくる。

遠山夫婦の人柄、素晴らしい景色、美味しいご馳走《ちそう》、さらにこの温泉。真冬が《藻琴山ロッジ》を愛して止《や》まないのもあたりまえだ。

湯船が高い位置にある上に距離も離れているので、下を通る道道一〇二号線から見られる気遣いはない。たとえば超望遠レンズかなにかで覗《のぞ》かれても頭くらいしか見えないのではないか。

目の前には知床連山が部屋からよりもずっとよく見える。

オホーツクWブルーも素晴らしく美しい。

こうしていると、ノマド調査官になったことが、自分にとってどんな幸運なことかと思えてくる。

霞が関で過ちを犯さないように気を遣い続けて上司の顔色を窺《うかが》い、出世競争に汲々《きゅうきゅう》とする人生ほどつまらないものはないのかもしれない。

三〇分ほど湯船に浸かったり、湯端に座ったりしているうちに、真冬はすっかりくつろいで身体中にエネルギーがみなぎってきた。

温泉の効能とは本当にすごいものだとあらためて思う。

満足しきって真冬は湯から上がった。

湯から上がっても化粧しなかった。仕上げに内湯で髪を洗いたいからだ。

真冬はふたたび浴衣を着て本館に向かった。

内湯で髪を洗うと、部屋に戻ってしばらく横になって心臓が落ち着くのを待った。

窓の外はあかね色の光に包まれ始めた。

真冬はあっさりと化粧をして、タブレットを取り出した。今回の事件の捜査資料をもう一度最初から読み直す。

だが、あたらしい発見はなかった。

そもそも今回の捜査資料はあまりに内容が乏しいのだ。

「真冬ちゃん、ご飯できたわよ」

一階から菜美子の明るい声が響いた。

「はぁい」

胸を弾ませて真冬は食堂へ下りていった。

テーブルの上には驚くほどのご馳走が並んでいる。

ふたりが一所懸命に作ってくれた夕食だ。

真冬の胸は熱くなった。

友作はプロの和食料理人だったので、夕食をメインに作るのは彼だ。

菜美子はサブの立場で調理に参加する。

網走産のたくさんの野菜を使ったサラダ、アスパラガスの肉巻き、トマトとサロマ湖産のホタテ貝のマリネ。

どれもこれも見ているだけでお腹《なか》が鳴ってくる。

だが、メインはタラバガニだ。

「さっきまで生きてたもんなぁ」

友作は得意そうに言って、タラバ料理の皿を並べる。

こんなにたくさんと思うほどの量の刺身と焼きガニ、さらには酒蒸し……。

真冬はさっそく刺身に手をつけた。

ぷりっとした歯ごたえがたまらない。舌にじわっと甘さがひろがる。もちろん生臭さなどは少しも感じない。ハーブにも似たさわやかな香りが真冬の嗅覚を満足させる。

香ばしい焼きガニもよかった。刺身より甘みがさらに引き立つ。

最後にホットプレートのスイッチを入れて、酒蒸しを仕上げてくれた。

濃茶色の甲羅が見る見る真っ赤になってゆく。

「刺身とさ、焼きガニの両方のいいとこ取りだと俺は思うのさ」

友作は相好を崩しながら、酒蒸しを取り分けてくれた。

友作の言葉通り、酒蒸しは刺身の生々しさやさわやかな香りと、焼きガニの甘さを併せ持っている。さらに旨味がよく出ているような気がした。

食べきれない量の夕食だった。

真冬はアルコールも好きだが、お腹がいっぱいで入る場所がなかった。

ビールを二、三杯飲んでおしまいにした。

デザートのハスカップゼリーを食べ終わると、身動きがとれないほどだった。

お風呂にもう一回入りたかったが、とても無理だった。

洗顔と歯磨きをすませた真冬は、ふたりに何度もお礼を言って二階へと上がった。

真冬は部屋の窓を開けて降るような星空を眺めると、ふとんに潜り込んだ。

誰かの客となって、心のこもった行き届いたもてなしを受ける幸せはとても嬉しいものだ。

友作と菜美子のもてなしは、まるで愛する一人娘が久しぶりに帰省したときの父母のようであった。

八年ぶりの幸せをいっぱいもらって真冬は安らかな眠りに就いた。

5

翌朝のご飯は、サロマ湖産ホタテ貝の刺身とバター醬油焼きがメインだった。

さらにホタテ稚貝の味噌汁がつき、帆立づくしだった。

ちなみにサロマ湖はホタテ養殖の発祥地である。始まったのは昭和初期で、昭和四〇年頃から本格的に養殖されるようになった。

朝食は菜美子が中心になって作ってくれたようだ。

食事が終わると、真冬は出かける支度をすませて、友作と一緒に外へ出た。

「すごい霧……」

真冬はあたりを見まわした。

一〇メートル先の道道一〇二号線すら霞んでいる。

オホーツク海も見えない。もちろん知床連山《れんざん》などどの方向にあるのかもわからない。

昨日と同じ場所だとはとても思えなかった。

「真冬ちゃん、ツイてるな」

友作は機嫌よく言った。

「そうですか」

「この分だと、もう少しすれば雨が落ちてくる。サンカヨウは雨のなかで見るのがいちばんだからな。合羽《かっぱ》持ってるよな？」

「ええ、持って来てます」

「じゃ、大丈夫だ」

友作に続いて真冬は玄関を出た。

エプロン姿の菜美子がイチイの木のところまで見送ってくれた。

「行ってくるからな。昼は外で食うから」

「おかあさん、ごめんなさい。わたし、今日は夕食も外で食べます」

「あら、残念ね」

菜美子はちょっと淋しそうな顔を見せた。

真冬たちはヨンマルに次々に乗り込んだ。

「真冬ちゃんの用事が済んだら、小倉《おぐら》さんのご夫婦を空港まで迎えに行くから戻れないかもしれない」

運転席から顔を出して、友作は菜美子に声を掛けた。

「わかった。気をつけてね」

菜美子が手を振るなかヨンマルは駐車場を出て、道道へと入った。

小倉さんとはおそらく今日の宿泊客なのだろう。

当然ながら、東藻琴集落の方向に山を下るのだと思っていたら、ヨンマルは右へと曲がった。

藻琴峠を経て阿寒地方へと続く方向だ。

「えー、峠に上っていくんですか」

「いや、ちょっと上ってすぐ下るんだよ」

道道に入っていくらも走らないうちに、ナビ板が現れた。

直進は川湯温泉・藻琴山、左折は東洋《とうよう》とあった。川湯温泉は弟子屈《てしかが》町にあって屈斜路湖に至近の比較的大きな温泉地である。

「晴れてたら、まっすぐ行って藻琴峠の展望台まで足を延ばすんだけどな。片道五キロくらいだからな。でもこの天気じゃ霧しか見えない」

友作は苦笑した。

「屈斜路湖がきれいですもんねぇ」

真冬は八年前の凍結した湖面も、もっと前に見た深い青色にさざ波が立つ湖面もなつかしく思い出した。

「ま、天気よくなったら行こうよ」

すぐに分岐点が現れ、ヨンマルは左の町道一五三号線へと左折した。

霧のなかではっきりとはわからないが車窓の左右は広大な牧草地のようである。

「あれ、霧《ガス》が少し薄くなったかな。雨降るぞ、きっと」

友作はフロントグラスの外の景色に目を凝らしながら言った。

左右には折りたたみ式の地吹雪防止柵がずっと続いている。

もちろんいまの季節は畳まれている。

人家があるのでこの町道は冬季も除雪されているのだろう。

「このあたりは冬は地吹雪がすごいんでしょうね」

「ああ、まったくの吹きっさらしだからね。そりゃあものすごいさ。ホワイトアウトしやすいから危ない場所だよ」

ヨンマルは何度か方向を変えながら進んだ。

真冬にはすでにどちらの方向に走っているのかわからなくなっていた。

町道から外れてヨンマルは深い原生林のなかを通る道へと入った。この道も舗装されていた。

「急に森が深くなりましたね」

「このあたりはもともとは藻琴山山麓の大原生林だった場所だ。それを明治だか大正だかに入植者の人たちが牧草地や畑に開拓してったんだなぁ。手の入らなかったところはみんな原始時代からの森さ。動物たちの天国だよ」

友作はいかにも楽しそうに笑った。

彼は本当に自然が大好きなのだ。

「このあたりは冬は入れないんですよね」

「ああ、この奥には人が住んでない。冬場は除雪されないから誰も入ってこられないね」

さらにヨンマルはフラットダートの細い道に入った。

荒れているわけではなく、砂利舗装がされていてふつうの乗用車でも走れるような道だ。

林業用の作業道路なのだろうか。もちろん冬季は閉鎖だろう。

「この林道をしばらく行ったところだよ」

「すごく深い森ですね」

林道の両脇には、幾種類もの木が密生していた。

針葉樹にはあちこちにサルオガセが緑の袖飾りのように垂れ下がっている。

阿寒地方のように大きなフキは見られないが、コロボックルが出てきそうな世界である。

「そうだな、トドマツ、クロエゾマツ、シナノキ、それにブナ……針広混交原生林って言って針葉樹と広葉樹が混在してる森だ。北海道はもともとこんな木が中心の森ばかりだったんだよ」

「あちこちでカラマツを見かけますね」

分布が集中している北海道でも信州でもカラマツをたくさん見かける。

秋には黄金色に染まって美しい。

「それがね、カラマツはたいていは植林なんだ。スギ、ヒノキに次いで日本では三番目に多く植えられている。寒冷地の針葉樹のなかでは成長が早くて強度があるので、杭木《くいき》や電信柱などのさまざまな用途にしようと戦前にはさんざん植えたんだ。だけど、いまの時代、木製の電柱なんか使わないだろう?」

「わたし見たことがないかも……」

絵本のなかは別として、いまの東京の家のまわりも金沢の実家あたりでも木の電柱などは見たことがない。

「割れやすく狂いやすいので住宅材の板や柱には向かないし、ヤニを多く含んでいるのでパルプにも使えない。いまちょうど伐採に適した時期の成木が多いんだけど用途があまりないんだ。それで放置されているケースが多い。それにさ、カラマツ林には棲息できない動物も多いから問題なんだよ」

気難しげに友作は言った。

林道を走っているうちに、霧が晴れてきた。

代わって細かい雨が降り始めて、友作はワイパーを始動させた。

「おお、ここだ。あの岩が目印なんだ」

友作は林道右手の冷蔵庫ほどの岩を指さした。

灰色の岩には薄緑のコケ類が無数に生えている。

目印がこの岩だとすると、なるほど場所がわかる者は少なかろう。

友作は林道のいくらか広いところを選んでヨンマルを停めた。

車外へ出ると、細かい雨が音もなく降っている。

遠くで川のせせらぎがかすかに響いている。

さわやかな森の匂いが真冬の鼻孔を満たした。

真冬は全身に肌寒さを覚えてフリースのパーカーを着込んだ。

さらにマウンテンパーカーを羽織り、パンツの上からレインウェアのズボンを穿《は》いた。

この地域では山間部に入ると、真夏でもストーブを焚《た》く家がある。

だが、きちんとした服を選べば、寒さを感ずることはない。

友作はレインウェアは最初から着ていたが、さらに紺色のパーカーを身につけた。

緑色のデイパックを背負って歩き始めた。

真冬はもう一度あたりを見まわした。

ここへ歩いてくる者がいるとは思えない。

当然ながら被害者の南条沙織は何者かのクルマに乗せられて辿り着いたのだろう。

路面は砂利がしっかり敷き詰められているので、鑑識はタイヤ痕を採取できなかったに違いない。

捜査資料にもタイヤ痕の記述はない。

目印の岩に向かって歩き始めてすぐのことだった。

「ほれ、あれ見て」

友作が数メートル先の樹上を指差した。

ちょっとの間、真冬の目は泳いだ。

「え？　あっ」

真冬は思わず叫び声を上げた。

背の高い針葉樹に茶色の信じられないほど大きな鳥が止まっている。

「あれって……」

「そう、オジロワシだ」

どこか自慢げに友作は言った。

たしかに茶色い体のなかで尾羽は真っ白だ。

こんな短時間で野生動物を見つけ出す彼の目は、どういう構造をしているのだろう。

いや、目だけではない。大脳の動きが違うのだ。

オジロワシはたしかに大きいが、まったく動かず止まっていると森と同化している。

真冬ひとりなら絶対に気づかなかっただろう。

「かっこいいですね」

詠嘆するように真冬は言った。

鋭い黄色いくちばしとかたちのよい頭、全体のシェイプも実に引き締まっている。

堂々としていて王者の風格を感ずる。

「それにデカいぞ。翼を開くと最大で二四〇センチもあるんだ」

「そんなに！」

「木の上だからそれほど大きく見えねぇけどな」

大きいことは大きいが、まさかそれほどとは思わなかった。

「二四〇センチって言ったら、わたしより八〇センチ以上も大きい」

そんな翼なら、真冬などスッポリ包まれてしまうのではないか。

「体長は最大で一メートル弱くらいだ」

友作はにっと笑った。

「翼を閉じてもそんなに大きいんですか。目の前に下りてきたら、わたし気絶してしまうかもしれません」

「用心深いからな。滅多に人には近づいてこない。だけど、目がいいからあんな風にすまし込んでいるようでも、俺たちのことはしっかり見てるよ」

「そうなんですか」

オジロワシは相変わらず彫像のように動かない。

「あいつの巣はさ、ドラム缶くらいあるものな。オオワシの巣もそれくらいだ。オオワシはもっと大きいけどな。日本最大の鳥なんだ」

「オオワシも見てみたいです」

「そのうち会えるかもな。でも、両方とも、いろんな理由で個体数が減っちゃってね。絶滅危惧Ⅱ類だよ」

友作は淋しげに言った。

「やはり開発などの影響でしょうか」

「そう、これはオジロワシやオオワシに限ったことじゃないんだけど、森林の伐採や土地の造成、道路の建設なんかで営巣地がどんどん破壊されてしまっている。それに、工事の人間やカメラマンが森に入って大きな音などを立てると、繊細な彼らは驚いて繁殖ができなくなることがあるんだ」

「カメラマンも彼らの敵なんですか」

信じられなかった。自分が撮影対象としている野生動物を生きにくくしているとは大きな矛盾ではないか。

「ああ、一部の人間だと思うけどね。常識では考えられないことをするヤツがいるんだ……」

友作は言葉を濁らせた。

あまり言いたくない事実があるようだ。

「なんだかすごくヘンな話ですね」

友作は黙ってうなずいた。

カメラマンを森に案内している友作としてはつらい話なのだろう。

「それから、狩猟用銃弾をくらった動物を食べたために鉛《なまり》中毒や電線による感電死なども報告されている」

大型猛禽《もうきん》類が生きてゆくには、本当に多くの敵が存在するのだ。

「だけどね、いちばんの原因は意外なものなんだよ」

「なんですか？」

「風力発電の羽なんかに衝突して死亡する個体が多いんだ」

「環境に優しいという風力発電にも問題は大きいのですね」

友作は沈んだ顔でうなずいた。

「まぁ、俺のような者が言えることじゃないんだけど、人間と野生動物の共存ってのは本当に難しいと思うよ。だけど、我々はむかしの暮らしに戻れるわけじゃない。どうやって、いまの生活を維持しながら野生動物を守ってゆくか……難しすぎてよくわからんね」

哲学者のような顔つきで友作は言った。

そのとき、オジロワシは大きく羽ばたいた。

霧雨の落ちてくる灰色の空に悠然と舞い上がる。

ぐんぐん高度を稼ぎながら、オジロワシは森の奥の空へと消えていった。

空を切って飛行する姿も惚《ほ》れ惚《ぼ》れするほど美しかった。

スマホでもいいから写真の一枚も撮ればよかったと真冬はちょっと後悔した。

かなりの時間、樹上で姿を見せてくれていたのに、見惚《みと》れていてすっかり忘れていた。

友作はデイパックのハーネスに固定した、古ぼけたトランジスタラジオのスイッチを入れた。

ダイヤルを回して室内楽を流している局を選んだ。

「本当はこんなの掛けたくないんだけどな」

友作は顔をしかめた。

「ラジオはなんのためなんですか」

「クマよけだよ。クマは人の気配を感ずるとまずは近寄ってこないからな」

気づいてみると、友作のパンツのベルトにはクマよけスプレーがセットされていた。

「さ、そこから奥の湿地に入るから」

友作は先に立って歩き始めた。

獣道に毛が生えたようなと言っていた友作の言葉の通り、森のなかにつけられた小道は幅が三〇センチほどだった。

「この道ってなんのために作られたんでしょうか」

「この奥の湿地とか池に用のある人が歩いた踏みあとが道になったんだろうな」

「湿地に用って？」

「湿地って言うか、池に棲んでる魚でも釣ってたのかな。ここまで入って来ていた理由はよくわからないね。まぁ、最近はカメラマンが歩いているわけだ。ごくわずかだけどな」

「殺人事件のとき、ここで足跡を採取できなかったんでしょうかね」

真冬は素朴な疑問を口にした。

「それなら聞いたよ。遺体を発見したアマチュアカメラマンたちが踏み荒らしたそうだよ。それに前の晩にかなり雨が降ったらしいんだ。だから、足跡がうまくとれなかったって警察の人が言ってたな」

なるほどそういう事情ならやむを得ないだろう。

いつの間にか雨は止んでいた。

ほんのわずかだが、空が明るみ始めている。

だが、歩みを進めると、道脇の草の露がくるぶしを濡《ぬ》らし続ける。

スパッツを持ってくればよかったと真冬は少し後悔した。

森の匂いはいよいよ濃く鼻孔に迫ってきた。

針葉樹の尖った匂いと広葉樹の甘い匂いが入り混じって独特の香気を放っている。

前方にはただ森があるばかりで、人工物はもちろん、変化のある景色は現れない。

なんの鳥かわからないが、小鳥のさえずりが響いている。

奥のほうから瀬音が響いてくる。

「川があるのですね」

「うん、見えないけどもこの森の奥に浦士別川が流れている。独立した水系の二級河川なんだ。浜小清水《はまこしみず》駅近くの濤沸湖《とうふつこ》に注いでいる」

「ハクチョウで有名な湖ですね」

「オホーツク海とつながっている汽水湖《きすいこ》で魚類も豊富なんで、たくさんの野鳥が飛来する。オオハクチョウも多いけど、ガンやカモは六万羽も来るといわれている」

「そんなに！」

「オオワシやオジロワシも来るぞ。それにいまどきはエゾスカシユリ、エゾキスゲ、ハマナス、クロユリなんかが咲く小清水原生花園《げんせいかえん》が有名だ。濤沸湖は網走市と小清水町にまたがっているんだけど、浦士別川はこのあたりでは大空町と小清水町の境界になっている。足を踏み入れられない川沿いの森にはたくさんの動物がいるぞ」

歌うように友作は言った。

「原生花園も見てみたいなぁ」

ついそんな言葉が口から出た。

「後で連れてってやるよ」

「いやいやお仕事優先です」

真冬は自分を戒《いまし》めた。

遊びに来ているわけではないのだ。

今日の昼には、被害者である南条沙織を知っていたという地元のアマチュアカメラマンに集まってもらうことになっている。

「さ、もうすぐだぞ」

友作が言うや否や視界が開けた。

「ほら、ここだ。名無しの池。いや今日からはサンカヨウの池とするか」

上機嫌な声で友作は前方を指差した。

「きれいっ」
真冬は目を見張った。
透んだ水をたたえた小さな池が目の前に現れた。
差し渡しは一〇メートルほどだろうか。
まわりを樹林に囲まれたその姿は現実のものとは思えないほどだった。
湖面は澄み切って、木々の葉陰を映している。
銀色の薄い紗の服をまとった美しい妖精が現れそうだった。
左手からは池の水が清冽《せいれつ》な小川となって流れ出していた。
察するに池底から相当量の水が湧き出ている泉なのだろう。
そのとき雲が切れてひと筋の光が池を照らし出した。
トップライト効果はこの池をさらに一段と神秘的に見せてくれた。
「お目当てのサンカヨウはあれだよ」
友作は池畔《ちはん》右手の森を指差した。
何本かの広葉樹を背にして少し平らになっている湿地がある。
そこに明るい緑色の大きな葉を持つ植物の群落が存在した。
ところどころに白っぽく輝く花が咲いている。

「あれですか」
真冬は少しうわずった声で答えた。
友作は静かにうなずいた。
池畔にはなんとか通れるほどの土の部分があった。
真冬はサンカヨウを目指してゆっくり歩き始めた。
ところどころに水を含んだ草で足もとが不安定になる。
この靴を履いてきてよかったと痛感した。
「ゆっくり歩いてけ。池に落ちたら目も当てられないぞ」
からかうように友作は言った。
「大丈夫です。コケたりしませんよ」
真冬は答えたが、自分はまさにこういうときこそ危ないのだ。
目の前のサンカヨウに意識が集中すると、足もとへの注意が消えてしまいかねない。
恐る恐る足を進めると、サンカヨウの群落は見る見る近づいてきた。
高さはまちまちで三〇センチから六〇センチくらいであろうか。
少なくとも一〇以上の株が花をつけている。
しゃがみ込んで真冬は株のひとつをしっかりと見つめた。

「素敵……」

ため息が漏れた。

フキによく似たかたちの葉が二枚大きくひろがっており、そのまんなかからしゅっと一本の茎が伸びる。茎先には集散状の花序《かじょ》が出ていて七つの花が陽光に輝いていた。

花の大きさは二センチ程度のかわいいものだが……。

雨に濡れてしずくをつけた花が完全に透明に光っている。

花びらの向こう側の葉の緑が透けていた。

「な、ガラスみたいだろ」

「ええ……ほんとに」

真冬は言葉少なに答えた。

まさしくガラス細工と見まごうような花弁だ。

世の中にこんな不思議な植物があることに、あらためて真冬は感動した。

「写真撮るかい？」

「あ、そうだ」

ザックの中をゴソゴソやって、ナイロンのカメラケースを取り出す。

真冬はそれほどカメラに詳しくない。

調査官への異動が決まったときに、部下の若いキャリアに東京駅近くのカメラ店につきあってもらった。コンパクトな一眼レフに広角から望遠まで撮れるズームレンズを言われるがままに買った。オートモードにしてシャッターを押せば、とりあえずは写るとの言葉を信じている。

サンカヨウにレンズを向け、真冬はズームリングを動かした。

「真冬ちゃん、それじゃ構え方がダメだ」

だが、友作からあっさりダメ出しされた。

「えーと、どう構えればいいんですか」

「ちょっと貸してみ」

カメラを渡すと、友作は左手をレンズ根元の下に当てる構えをとった。股を少し開き、背中がすっと伸びてきれいな立ち姿だ。

「こうすると安定してブレにくくなるんだ」

言いながら友作はカメラを返してくれた。

真冬は友作の姿勢をまねてカメラを構えると何回もシャッターを切った。

「遠山さんは写真撮るんですか？」

そう言えば、案内していった先で友作も写真を撮るという話を聞いたことがなかった。

「いや、俺は撮らない。ただ、プロの構え方とか見てるからな」

「撮ればいいのに」

「カメラはやらないほうがいいと思ってるんだ。俺はガイド役でいいんだよ」

友作は素っ気ない調子で答えた。

「どうして？」

かぶせるように真冬は訊いた。

「写真やってるヤツは、いい写真撮れば得意になるヤツが少なくない。一緒に行ったときに下手な写真撮った人間を見下すようなところがあるんだ。みんなヤキモチ焼きだしね。仲間内でフォトコン入ったりするとケチつけたがるヤツも多い。ほんとはいい人間なのに、写真のせいでどっか変になっちゃうんだよ。俺はそんな風になりたくないから、ガイド役に徹してるのさ」

友作は静かな口調で言うと、ちょっと沈んだ表情になったた。

「よくわかりました」

真冬は言葉少なく答えた。こうした言葉が穏やかな友作から出てくるのは、きっと嫌な場面に何度も出くわしたのだろう。

「そうだ、ここにはもうひとつ珍しい花があるんだよ」

明るい顔つきに戻った友作は、楽しそうに言った。

「珍しい花って?」

「池の反対側だ」

友作はさっさと歩き始めた。

ふたたび全身に緊張感をみなぎらせて真冬は池畔をもと来た方向へと歩き始めた。

「ほら、あれさ」

友作は一メートルほど先の水中を指差した。

池から流れ出している清流のなかで水面からいくつもの白い花が顔を出している。

不思議なのは、一メートルを超える長い茎や葉はすべて水中で流れに揺らいでいることだ。

「へぇー、この花はなんというんですか?」

「バイカモだよ。梅の花の藻っていう意味だ」

「あ、花の形が白梅に似てますね」

「そう。ちょっとサンカヨウの花にも似てるけど、こっちは透明にはならない。藻と呼んでいるが、サンカヨウと同じキンポウゲ目でキンポウゲ科の植物だ」

「こちらも神秘的ですね。」

サンカヨウほどのインパクトはないにしても、とても美しく不思議な花だ。

「やっぱり珍しいんで、カメラマンが撮りたがる花だよ。でも、何度も言うけど、ここを知っている人は少ないからね。水温が一五度くらいだといちばんうまく育つんだよ。だから、この流れなんて最適なんだ」

バイカモにレンズを向けて、いろいろな構図で真冬は何枚もシャッターを切った。

「もしかして……」

ジョン・エヴァレット・ミレーが描いた『オフィーリア』の手前に配置されているのはこの花だったような気がして真冬はスマホで検索した。

「ね、この絵に出てくる花はバイカモじゃないですか」

真冬はスマホの画面を友作に見せた。

「え……これは……」

ところが、友作の顔が見る見るこわばった。

「どうかしましたか?」

「いや、あのさ、南条さんって、まんまこの絵の感じでその流れのなかで死んでたんだよ」

暗い声で友作は告げた。

「本当ですか」

たしかに捜査資料には仰向けに水に浮いている遺体写真があった。

だが、拡大写真なども何枚もあったので、真冬は細かいところに気をとられていた。現場全体の俯瞰《ふかん》図は少し遠くから撮ってあり、この絵とそこまで似ていたとは感じていなかった。

オフィーリアはシェイクスピアの『ハムレット』のヒロインだが、襲いかかる不幸に押しつぶされて自らの身を川に投じて溺死する。何人もの画家が描いてきたテーマだが、ミレーの絵がもっとも有名だ。

「この絵は初めて見たけど、まさにこんな感じで仰向けに流れに浮いてたんだ。唇をちょっと開いているところも両手を水面から挙げている感じもそっくりだ」

「偶然なんですかね」

不自然とは言えない。遺体がこのような姿勢になることはもちろんあっておかしくはない。

「頭を殴られて水に落ちてひっくり返り、たまたまそんな姿勢になったんだろう、って警察の人は言ってたよ。だけどね、この絵に描いてあるのはバイカモじゃないよ。

バイカモは日本固有種だから」

「ああ、海外にはないんですね」

「この絵の場所はどこなんだい？」

友作は目を瞬《またた》いてスマホを見つめた。

「場所ははっきりしないのですが、この絵はシェークスピアのヒロインを、一九世紀のイギリスの画家が描いたものです」

「なるほどねぇ、イギリスにもバイカモみたいな花はあるのかね」

友作は感心したように鼻から息を吐いた。

「ところで、三脚や南条さんの荷物はどこに落ちていましたか」

「このあたりにバラバラに放置されていたよ」

友作は池の入口あたりに指を向けて弧を描いた。

真冬は現場の写真をしつこいくらいに何枚も撮った。

「おい、真冬ちゃん、靴、靴っ」

友作の声が響いた。

「え……あっ」

足もとを見ると、沼の岸辺の泥に右足が沈んでいる。

「だっちゃかんっ」

真冬はダメと叫んで右足を引き抜いた。

ズボッという鈍い音とともに靴は泥から姿を現した。

「うわっち」

その瞬間、カメラを落としそうになったので、真冬はあわてて身体のバランスをとった。

左足が硬い地面に乗っていてよかった。そうでなければ、くるぶしくらいまで泥だらけになるところだった。

ゴアテックスブーティーのおかげで内部に水分が染みこんでこないのもラッキーだった。やはり、旅にはこの靴である。

なんとなく沈んだ気分になって、真冬たちはサンカヨウの池を後にした。

「昼から天気がよくなるぞ」

林道に戻った友作は空を見上げて陽気な声を出した。

雲のところどころが切れて青空が覗き始めていた。

第二章　北辺の写真家たち

1

サンカヨウの池からヨンマルは網走市の中心部を目指した。

真冬たちは一一時二〇分頃にＪＲ網走駅近くの《エストレージャ》というレストランのエントランスを入った。

被害者の南条沙織を知っているアマチュアカメラマンたちとの会食は一一時半から予定していた。

出発前に友作が連絡をとって集めてくれたのだ。

通りに面したまるいカーブを持つ壁面は全面的に細いガラス窓となっていて採光がよい。

白いテーブル、茶色い木の背もたれとアイボリーの座面を持つ椅子、明るい色のフローリング。配色の力もあって、店内はとても明るい雰囲気だった。ランチタイム前とあってか、客の姿は少なかった。

「おお、友《ゆう》ちゃん、元気かい？」

すぐに一人の白髪頭で短い髪の男が奥のテーブル席から立ち上がった。ゴルフパンツのようなスラックスの上に黒いポロシャツを着ている。

「元気、元気。さっきさ、例の浦士別川近くの池に、この人案内してきたところさ」

友作は顔をほころばせて陽気に言った。

「へぇ、若くてきれいなお姉さんだね。宿のお客さんなんだよな？」

男は真冬の顔をじっと見つめた。

「まぁ、そうだけどね。うちには一〇年以上も前から何度も来てくれてるんだ」

「そうかい、僕がおたくに通うようになったのは五年前だからなぁ。どうもはじめまして、矢野正夫《やのまさお》です」

矢野は穏やかな声であいさつした。

「朝倉真冬といいます。お越し頂きありがとうございます」

真冬はにこやかに名乗って名刺を渡した。

氏名のほかにはライターという肩書きと携帯番号、メールアドレスだけを載せている。

「あ、いま名刺持ってないんだ」

矢野は気まずそうに名刺を受け取った。

「矢野さんはね、市内の水産卸売会社の会長さんなんだよ」

友作は明るい声で紹介した。

「会社を経営なさっているんですね」

「小さな会社だよ。それに六〇歳で息子たちに譲った。長男が社長で次男が専務だ。わたしゃ、若い頃から苦労したんで、もうラクしたいと思ってね。いまは完全にリタイアしてるんだ。でも、いざとなると暇をもてあましちゃってね。写真なんか撮り始めたっていうわけだよ。友ちゃんはなにせ和久宗和先生のガイド役してるくらいだからね。撮影に僕は金魚の糞みたいにくっついていったりしてね。友ちゃんにはいろいろお世話になっているんだ。まぁ、そこに座って」

矢野は自分の真正面の席を指し示した。

「失礼します」

矢野に言われるままに、真冬は席についた。隣に友作も座った。

見計らったようにふたりの年輩の男が店に入ってきた。

「友ちゃん。久しぶり」

「よぉ、雨上がってよかったな」

ふたりは次々に声を上げて真冬たちのテーブルに歩み寄ってきた。

真冬は立ち上がって頭を下げた。

「朝倉真冬です。ご足労をお掛けしてどうも」

「喜多村信彦《きたむらのぶひこ》です。よろしく」

シャンブレーシャツとチノパンの銀髪の男性が気取った調子で頭を下げた。

「俺は山中幸夫《やまなかゆきお》といいますんで」

白いTシャツの上にオリーブドラブのカメラマンベストを羽織った男がにっと笑った。

禿頭《とくとう》というかスキンヘッドでちょっとマッチョな男だった。

真冬はふたりに名刺を渡した。

「名刺の持ち合わせがなくて申しわけないですね」

喜多村はもったいぶって答えた。

「あ、俺はニートなんで名刺はないです」

山中はおもしろそうに笑った。

ニートという年齢でもあるまい。通常は三五歳未満の就労していない者を指す言葉だ。

「喜多村さんは高校の社会科の先生だったんだ。山中さんは郵便局に勤めてたんだよ。この人たちもネイチャーカメラマンなんだわ」

友作はにこやかに喜多村と山中を紹介した。

喜多村は年相応か。山中はいくぶん若く見える。

「テーブルくっつけちゃおうね」

隣のテーブルを山中が隣まで引きずってきたので、八人掛けの席となった。

矢野の隣に山中たちは並んで座った。

「さっき電話で話したけど、朝倉さんはね。ルポライターなんだよ」

友作があらためて真冬を紹介した。

「そうなんだってねぇ。あの事件のことだろう……」

矢野が沈んだ声で言った。

「いらっしゃいませ」

ホールスタッフの若い女性がメニューと水を持って来た。

「ここのステーキはね、安くておすすめだよ」

喜多村がメニューを見ながら言った。

「そうだな。網走監獄和牛のサーロイン使ってるからな」

山中もうなずいた。

「網走監獄和牛っていう牛肉があるんですか」

真冬にはもちろん初耳だった。

「網走刑務所が運営する二見ケ岡《ふたみがおか》農場で生まれる牛肉なんですよ。受刑者たちが飼育に当たってるんですが、濃厚で甘みがあって非常にやわらかいのが特徴です。年間二〇頭くらいしか出荷されないんで、なかなか食べられないんですよ」

喜多村は自慢げに答えた。

「ぜひ、食べてみたいです。それから、取材に協力して頂くささやかなお礼なんですが、なんでも召し上がってください」

真冬は失礼にならないように言葉を選んだ。

「悪いねぇ、こんな若い人に気を遣わせちゃって」

矢野が口もとに笑みを浮かべて言った。

「いいんだよ。この人はね、前に来たときは大学生だったんだ。それがいまじゃちゃんと働いて、ここのステーキだって経費で落とせるって言うんだ。俺はそのことが嬉しくてね。じゃんじゃん頼んじゃって」

友作は心底嬉しそうに言った。

「じゃあ、みんなステーキでどうだい?」

山中がほかの人間を眺め回すようにして訊いた。

宿では素晴らしい海鮮が続いて嬉しかったが、真冬も肉が食べたい気持ちだった。

「賛成だな」

喜多村がもったいぶった調子で言った。

誰も異存はないようだった。

「ビールとかお酒もどうぞ」

「そうかい……じゃあお言葉に甘えて。すみません」

矢野が呼ぶと、ホールスタッフの女性はすぐにやって来た。

「ステーキセット五つとビール二本お願い」

「ありがとうございまーす」

オーダーを端末に入れると、すぐにスタッフは戻っていった。

料理を待つ間、友作が中心となってこのあたりの野生動物情報の話に花が咲いた。

「エゾフクロウが撮りどきだと思うんだよね」

「あの例のトドマツのうろかい」

「そうそう。もしかすると、まだ子っこが撮れるかもしれないんだわ」

「いいねぇ、ヒナ文句なしにかわいいからね」

「羽がふわっふわだからなぁ。めんこいよ」

そんな会話を聞いているうちに料理が運ばれてきた。

ステーキセットは、ステーキにスープとサラダ、ライスがついた。

値段から想像していたよりは、はるかに大きなステーキだった。

ひと口頰張ってみると、見た目よりもやわらかく、素材の香りと旨味がよく引き出されている。

真冬はさっとスマホを取り出してステーキの写真を撮った。

この写真は自分の備忘録のつもりである。

美味しいものと出会った喜びを、記録に留めたいという気持ちで撮っていた。

むかしで言えば、写真をスクラップブックに貼っているイメージだろうか。

もっとも、《藻琴山ロッジ》では、出て来る食事があまりに美味しすぎて写真を撮ることも忘れてしまう。気づいたら、皿にはなにも残っていないことも少なくない。

「美味しいです」

「そうでしょ。ここはステーキ自慢なんだ」

喜多村は自分が褒められたかのように得意げに言った。

「まぁ、朝倉さんも一杯やりなよ」

矢野がビール瓶を突き出した。

「でも……」

のどは渇いていた。だが、運転する友作が飲めないのに自分だけ飲んでは悪い。

「あ、俺ならいいの。夜にしこたま飲むからよ」

友作は顔の前で手を振った。

「この人はね、かあちゃんと一緒じゃないと酒が美味くないってクチだから」

矢野はニヤニヤと笑った。

「それじゃ頂きます」

真冬はコップを前に出すと注がれたビールを一気に飲み干した。

「いい飲みっぷりだねぇ」

矢野は嬉しそうに言った。

「おねぇさん、ビール二本追加ね」

自分もぐいぐい飲んでいた山中は、スタッフの女性に向かって声を張り上げた。

真冬はステーキを満足して食べ終わった。

これから彼らに暗い話を聞かなければならないわけだが、真冬の気持ちはすっかり明るくなっていた。

やっぱり美味しいものは気分を明るくしてくれる。

しばらくビールのやりとりが続いた。

ほろ酔いくらいに頰が火照《ほて》っているが、話を聞く上で問題はない。

食事が終わっていよいよ本題についての尋問を行わなければならなかった。

真冬はここ三年間ずっと刑事局に所属している。

だが、もちろん刑事ではないし、取り調べはおろか聞き込みも行ったことはなかった。

尋問のテクニックなどはなにも知らないのだ。

刑事局刑事企画課では、文書番号の前に「警察庁丙刑企発《へいけいきはつ》」とつく通達などの起案がおもな仕事だった。刑事企画課長名で、都道府県警本部長、警視庁刑事部長、各道府県警察本部長、各方面本部長などを宛名とする文書である。

たとえば、「捜査員のための被害者等対応要領の制定について」であるとか、「児童を被害者等とする事案への対応における検察及び児童相談所との連携について」などといった堅苦しい通達を作成する実質上の責任者であった。そのほかにも、刑事企画課長名義のさまざまな細かい通知を作ってきたが、およそ実務とは縁遠い仕事しかしてこなかった。

だが、為せば成るという言葉もあるではないか。

いささか緊張しつつも、真冬ははっきりとした発声で切り出した。

「ある雑誌の取材で、昨年夏に、サンカヨウの写真を撮りに来ていた女性プロカメラマンの南条沙織さんが殺害された事件を調べています。皆さまは南条さんとお知り合いというお話ですので、ご存じのことを少しでもお教え頂ければありがたいのです」

真冬は恭敬《きょうけい》な調子で頭を下げた。

「かわいそうだったよねぇ。美人でいい子だったのに。なんで殺されなきゃならなかったのかねぇ。その上、犯人はつかまってないしなぁ」

矢野は嘆くような声を出した。

「あの……録音させて頂いてよろしいでしょうか?」

全員がそろってうなずいた。

真冬はＩＣレコーダーを取り出してテーブルの上でスイッチを入れた。

「実はさ、遺体を最初に発見したのは喜多村さんと山中さんなんだ」

友作は喜多村と山中を交互に見た。

ふたりはまじめな顔に戻ってうなずいた。

「発見されたときのことを教えてくださいますか」

真冬は静かな調子で発言を促した。

「あの日は雨が上がったんで、サンカヨウを撮りに行こうって思いましてね。ひとりだとクマも怖いし山中を誘ったんですよ。ちょっと前に友ちゃんからいい感じに咲いているという話を聞いていましたんでね。で、山中のクルマであの池に行ったわけなんですけど、池に着いたらいきなり女性が水面に浮かんでいて……驚いて一一〇番したという次第です」

喜多村はクールな調子で説明した。

捜査資料によれば、一一〇番通報は二〇一九年七月二六日金曜日の午前一〇時三四分だ。

「驚いたなんてもんじゃないよ。この先生、腰抜かしちゃったくらいだからね。しばらく、池端で尻餅ついてたんだから」

山中の言葉に、喜多村は口を尖らせた。

「余計なこと言うなよ。だってさ、よく見ると浮かんでるのが南条さんなんだよ。知り合いがそんな感じで死んでたら、誰だって正常な気持ちではいられないだろ」

「俺だって動顚《どうてん》しまくったよ。無意味にそのあたりをウロウロ歩き回ったもんな」

山中も悲しげに目を伏せた。

「助けられるものなら助けたかったよ」

悲痛な顔で喜多村は言った。

「俺だって助けたかった。でも、ひと目でダメだとわかっただろ」

「素人でもわかったな。顔の色に血の気がまったくなかったし、両手だって表情だって死後硬直してる感じだったもんな」

そのときのことを思い出したのか、ふたりは沈んだ顔になった。

「驚きの次には悲しくなったな。南条さんがなんでこんな目に遭わなきゃならないんだろうってね」

「だけど、誤って池に落っこちた事故だと思ってたら、まさか殺されたなんてなぁ」

「まったくだ。あんないい子が殺されるなんてなぁ」

ふたりはしばし黙り込んだ。

「では、南条さんの遺体を発見してすぐに一一〇番通報なさったんですね？」

真冬は念を押した。

「あの池のまわりは携帯の電波が入らないんですよ。正確に言うとクルマで林道から町道に戻ってアンテナ立ったところで電話しました。そうだな、五キロくらい離れているかな。で、池に戻れと警察から指示されたんで素直に戻りました」

喜多村は詳しく答えた。

「北海道は国道や道道から外れると電波入らないところ多いからな」

山中は嘆くような声を出した。

「その後もあの池にいらっしゃったのですね？」

「ええ、警察が来るまで待つように言われましたからね。一時間くらいも待ったかな」

喜多村の言葉に山中が相づちを打って話を続けた。

「そうだな、だいたいそれくらいだ。昼前だよ、友ちゃんが来たのは」

「友ちゃんが東藻琴の駐在さんと一緒に駆けつけてきたんですよ。なにせあの池は駐在さんだって知らないからね。友ちゃんに聞くしかなかったんですよ」

喜多村の言葉に友作が反応した。

「そうよ、俺が露天風呂の掃除してたら、駐在さんが泡食って電話掛けてきたもんな」

「友ちゃんが来てからも、また待たされたよな。駐在さんが中央署に連絡とって池の場所を教えてね。刑事さんだの、鑑識さんだのそんな人がいっぱい来てね。俺たちは刑事さんに警察まで引っ張っていかれたんだからね。どうやら南条さんと知り合いだってのが引っかかったらしいんだけどね。調書を取るって言われてさ。なんかあったら呼び出すからしばらく網走から出るなとか、ちょっと犯人扱いさ。サンカヨウを撮りにいっただけなのに、とんだとばっちりだよ。肝心の花は撮れなかったしな」

山中は不快そうに眉をひそめた。

「まぁ、あの池を知ってて、被害者の南条さんを知っているのは何人もいないだろ。疑われても仕方がなかったよ」

喜多村はあきらめ顔で言った。

「でも、俺たち運がよかったよな」

山中が振ると、喜多村は渋い顔でうなずいた。

「ああ、警察に犯人にされるんじゃないかと寿命が縮まったが、運はよかった」

「あとで死亡推定時刻ってのがわかって。前の日の昼過ぎだってのよ。その日は俺たち、知り合いの結婚式でさ。昼はセントラルホテルにいたのよ。その後は二次会だって市内で飲んでたから、アリバイは完璧なんだな。まわりには五〇人もの招待客がいたわけだからね。だから、無罪放免だよ」

山中は歯を剝き出してにっと笑った。

「あの、遺体はこんな感じだったんですか」

真冬は『オフィーリア』の画像をスマホのディスプレイに出してふたりに見せた。

「そうそう、こんな感じですよ。仰向けで両手をちょっと水から出してて」

「これそっくりだね。岸辺に花も咲いてたし」

喜多村も山中も大きくうなずいた。

「な、俺の言うとおりだろ」

友作が横から口を出した。

「でも、亡くなっていた南条さんはもっと苦しそうな顔してましたよ」

「うん、たしかにな。ここに深いしわ刻んでたな」

山中は自分の額を指差した。

「三脚やそのほかの荷物も近くにあったと言うことなんですが？」

真冬は問いを重ねた。

「三脚とカメラは遺体近くの池端に転がってましたね。カメラザックは池に沈んでたんですよ。ザックのなかに財布とかいろいろ入っていましたね」

「取り回ししやすいＥＯＳ５ＤのＭａｒｋⅣのボディにＦ２・８の定番ショートズームが付いてたな。ザックにはいいレンズが入ってただろうにね、もったいない」

真冬にはよくわからないが、プロなのだから、相当いい機材を使っていたのだろう。

「おいおい、不謹慎じゃないか。亡くなった人の機材だぞ」

喜多村が顔をしかめた。

「いや、水に浸かってダメになったら、やっぱりもったいないっしょ」

山中は平気な顔で答えた。

ふたりの言葉が終わるのを待って、真冬は念を押した。

「では、南条さんの持ち物でなくなっていたものはなかったのでしょうか？」

質問をしたことを真冬はいくらか後悔した。

もちろんふたりは警察官ではないので、詳細はわかるはずはない。

いや、警察だって、南条沙織がなにを持参していたかを把握できていたわけではないだろう。

「さぁねぇ……ただ、カメラに残っていた二枚のＳＤカードにはなにも記録されていなかったみたいですよ」

　喜多村は興味深げな顔で言った。

「撮影開始前だったということですね」

「たぶんそう言うことだろうね。よい光線状態を待ってたのかもしれない」

　山中はしたり顔で答えた。

「ザックには予備のＳＤカードがケースに収まって六枚くらい入ってたんだけど、そちらも一枚も記録されていなかったらしいんですよ」

「つまり南条さんは今回、網走に来て初仕事の前に襲われたということなんですかね」

　真冬は喜多村に素朴な疑問をぶつけた。

「まぁ、考えにくいですね。今回、網走に来て二日目だったっていうから、何かしら撮っていたはずですよ」

　喜多村は首を傾げた。

「そうだよな。たとえば仕事じゃなくったって、空港とか宿とかでなんとなくカメラを持ち出すのが、写真を撮る人間ってもんだろう」

　山中はわけ知り顔でうなずいた。

いったいどういうことなのだろう。

捜査資料には未記録のＳＤカードについての記載はとくになかった。

ふたりはスマホが見当たらなかった事実は知らないようだった。

まぁ、彼らに警察が告げなくても当然だろう。

「ほかにそのときなにかお気づきになったことや、警察から聞いて不思議に思ったことはありませんでしたか？」

真冬の問いにふたりは顔を見合わせた。

「いや、ほかにはとくにないですね」

「うん、べつにない。でも、とにかく池のなかのあの光景だけは忘れようったって忘れられないね」

真冬はうなずいて別の質問に移った。

「ところで、おふたりは南条沙織さんとはお知り合いということですが？」

「知り合いって言ってもね。去年の流氷の季節に何回か撮影場所で一緒になって、そのたびに飯食った程度だからなぁ」

山中は頭を掻いた。

「そうそう、四回くらいは一緒になったかな。でも、食事っていってもこの店ばっかりでしたよ。まぁ、市内では美味しい店のほうだし、駅前だからね」

喜多村は記憶を辿るような顔で答えた。

「わたしも三回は飯食った。一回は厚生病院近くのカレー屋だったよ」

いままで黙って聞いていた矢野も会話に加わった。

「そうだったかな……クルマ運転するのはたいてい喜多村さんだったから、俺や矢野さんは平気で飲んでたよな。あの子はレンタカー返してきてつきあってくれた。やっぱり美人と飲むのは楽しかったからね」

山中はなつかしそうな顔で言った。

「そうだよ、矢野さんだっていつも一緒に飲んでたじゃないか。あんたんとこにも警察が来たんだよな」

喜多村が話を振ると、矢野はちょっと顔をしかめた。

「わたしも取り調べを受けたよ。でも、取引先の社長とゴルフするんでさ、あの事件の日の朝に飛行機乗っちゃったからね。無罪放免さ」

「みんなアリバイありってわけだな」

友作が陽気に笑うと、矢野は静かにうなずいた。

「もっとも、わたしは怠《なま》け者でね。このふたりと違って去年の冬くらいからほとんど写真撮りに行ってないんだよ。ちょっと飽きてきたからなぁ。でも、南条さんのことは残念だった」

矢野は照れ笑いを浮かべた。

「とにかくさ、あの子が、あんなことになってから、つまんなくなったよなぁ」

山中は嘆き声を上げた。

「みんないい年してスケべ心だけは一人前だからなぁ」

友作があきれたように笑った。

「なにを言ってるんだ。娘みたいな年の女性にそんなヘンな気持ちを持つわけはないだろう」

喜多村がまじめな顔で苦情を口にした。

「あ、こりゃ失礼」

とぼけた顔で友作は笑った。

「いや、あの人はまじめ一途《いちず》だったからね。男嫌いってこともないんだろうけど、写真が好き過ぎて男に関心がないってタイプだな」

矢野がまじめな顔で言った。

「写真も好きだったけど、野生の動植物が好きで好きでって感じでしたよ。危機に瀕している北海道の動植物を守りたい。動植物を追い詰める環境破壊にいつもジリジリしてるって言っていました。ひじょうに純粋な女性でしたね」

喜多村はしんみりとした声で言った。

「写真の力を信じたいって言ってたな。写真を通じて北海道の動植物の美しさや素晴らしさを世の人に伝えたいって、熱っぽく喋《しゃべ》ってたよ。網走や紋別、知床半島、釧路、阿寒、大雪《だいせつ》周辺で撮り歩いていたみたいだ。動植物の写真はまったく金にならないんで、いろんな写真を撮って食いつないでいるって話だった。いや……本当にまじめないい子だったよ」

山中の声はわずかに震えた。

南条沙織は、信念を持って写真を撮り続けた心ばえのすぐれた女性だったようだ。

この三人にとっては、ちょっとした女神のような存在だったのかもしれない。

その沙織の遺体を見つけてしまうとは、喜多村も山中も気の毒だったと言うしかない。

「あの子、東京と網走、釧路で個展開きたいって言ってたよなぁ」

矢野が詠嘆するような声を出した。

「でも、うんと金を貯めなきゃならないって言ってたじゃないか」

山中がうなずいた。

「個展やるとなると金が掛かるからな。いつになるかわからないって笑ってたな」

矢野は淋しそうな顔で言った。

「だいたい俺たちの知ってることはこれくらいだよ」

山中は真冬に向かって宣言するように言った。

「ありがとうございました。大変に助かりました」

真冬は三人に向かってきちんと頭を下げた。

「それにしても村上《むらかみ》さん遅いじゃないか」

矢野が戸口のほうに目をやった。

「あの人は仕事があるからな」

喜多村はさらっと答えた。

「もう一人見えるんですよね」

真冬は念を押した。

「村上高志《たかし》さんって言ってね。俺たちよりずっと若くてまだ三〇代だ。網走市の産業観光課に勤めてるんだよ。だから一二時過ぎじゃないと離れられないんだ」

友作はきちんと説明してくれた。

「ま、俺たちはどうせヒマな身だからな」

矢野は笑って、真冬のコップにビールを注いだ。

大瓶一本分くらいは消化しているはずだが、まだまだ酔うにはほど遠い。

そうしているうちに、店はかなり混んできた。

客の多くは近くに勤めている会社員や店員たちであろうと思われた。

中高年の男女が多い。

誰もが談笑しながら食事を楽しんでいる光景はのどかさを感じさせた。

2

壁の時計を見ると、一二時三〇分となっていた。

山中がさらにビールを注文したところで、ふたりの男が何やら話しながら戸口から現れた。

派手なボタニカル柄の緑系のシャツを着てダメージの入ったデニムを穿いた六〇代後半くらいの男と、白ワイシャツにスーツのズボン姿の三〇代終わりくらいの男だった。年上の男はもしゃもしゃの銀髪頭で、ワイシャツの男はきちんとしたショートへアだ。ファッションからすれば、アンバランスな組み合わせである。

「あれ？　なんとまぁ」

友作が立ち上がって驚きの声を上げた。

「ああ、遠山さん、ご無沙汰してるね」

初老の男は鷹揚な調子で答えた。

「水くさいなぁ、網走来るなら知らせてくださいよ」

友作は冗談めかして苦情を言った。

「今日はね、市民会館で来月予定している講演の打合せだったんだよ。昨日までウトロにいたからね。帰りがけにちょうどよかったんだ。村上くんにウトロまで迎えに来てもらってね。さっき役所で打合せを済ませたところなんだ。村上くんが遠山さんなんかと食事する予定だって言うから従いて来てしまったよ。はははは」

男は快活に笑った。

「先生、知床だってさ、俺、案内するから」

友作はちょっとすねたような声で言った。

「まぁ、遠山さんは宿のほうが忙しかろう。網走周辺の撮影のときには必ず声を掛けるよ」

言い訳するように男は笑った。

陽に灼《や》けた彫りが深く目つきの鋭い男だった。

もしかすると、この男は……。

「和久先生、お久しぶりです」

「ようこそ、また網走へ」

「先日はお世話になりました」

喜多村、矢野、山中の三人は立ち上がって姿勢を正して次々にあいさつした。

釣られるように真冬も立ち上がって頭を下げた。

やはりこの男が和久宗之だった。

なるほど高名な写真家と聞けばファッションも納得できる。

「やぁ、皆さん、お元気そうでなによりだね」

和久はゆったりとした調子で言って真冬たちの隣のテーブルの席に腰を掛けた。

隣に立つワイシャツ姿の男はいささか不自然な愛想笑いを浮かべたままで立っている。

喜多村と山中はふたたび席に着いた。

「村上さんも座ればよ」

山中が声を掛けた。

「はぁ……じゃ失礼します」

この男が最後の一人である村上なのだ。

背が高く華奢《きゃしゃ》な村上はちまっとした顔立ちだが、色白でなかなかのイケメンである。

村上は和久のテーブルは避けて、友作の隣に座った。

「先生、まずは一杯」

矢野がビール瓶とコップを手にして和久に歩み寄った。

「ありがとう。本当に一杯だけだよ」

和久がコップを受け取ると矢野は素早く注いだ。

半分ほどビールを飲んで和久はほっと息をついた。

「真冬ちゃん」

友作が真冬を和久が座った席に引っ張っていった。

「こちらはお世話になっている和久宗之先生だ」

「ご高名はかねがね伺っております。ルポライターの朝倉真冬と申します」

あいさつすると、和久は真冬の顔をじっと見つめた。

真冬は名刺を渡した。

だが、和久は真冬に名刺を渡さなかった。

「和久です。お仕事でこちらへ？」

「はい、昨夏に隣の大空町で起きた女性カメラマン殺人事件の取材できています」

和久からなにかを聞き出せるとは思わなかったが、ほかの四人に話した以上、隠しても不自然なだけだ。

「ああ、南条さんの……迷宮入りになりそうなんだってね」

ゆっくりと和久はうなずいた。

「その事件の謎に少しでも迫りたいという記事なんです」

「へぇ、失礼だが、似合わない仕事をしてるねぇ」

和久の言葉にはトゲがあった。

「いつもは旅行雑誌関係の仕事がメインなんです」

真冬は言い訳めいた答えを返した。

「彼女は学生時代からうちの宿を使ってくれてるんですよ。お得意さんなんです」

横から友作が説明してくれた。

「そうなのか。わたしはお目に掛かったことなかったね」

「はい、でも、先生の作品はいつも『藻琴山ロッジ』の食堂で拝見しています。紅《あか》く染まる流氷やオオワシとキタキツネのにらみ合いとか、みんな素晴らしい写真ですね」

真冬は本音で和久の作品を素晴らしいと思っていた。

「ああ、ありがとう」

和久は感情のこもらない平板《へいばん》な声で答えた。

「お目に掛かれて嬉しいです」

「うん、ところで、旅行雑誌の仕事もしてるって言ってたね。僕とも関連のある仕事だ。おもにどこで書いていますか？」

真冬の目をじっと見て和久は尋ねた。

「はい、《旅のノート》と《トラベラーズ・マガジン》が中心です」

真冬はあらかじめ決まっている雑誌名を口にした。

こうした事態は予測済みなのだ。

実はこの二社については、警察庁から契約ライターとして朝倉真冬の名前を登録することを依頼してある。

どのようなコネを使ったのかはわからない。だが、第三者から照会があった場合に、自分の社と契約しているフリーライターだと答えてもらえる手はずになっている。むろん、雑誌社に対しては、真冬の調査官の職責などについては一切伝えてはいなかった。

　いまのところ記事は書いていないが、可能であればいつかは実際に旅レポなどを掲載してもらいたいと考えていた。

「へぇ、僕はそのふたつの会社とは親しいんだ。ずっと以前だけど、グラビアページに写真を提供したことも何度かある。いつも両誌を読んでいるけど、朝倉さんね。あんまり聞かない名前だね」

　和久は平らかな調子で言った。

　真冬は額に汗が噴き出るのを感じた。

　まさかこうしたかたちで雑誌業界関係者と会うとは思っていなかった。

　真冬は公安部の一部警察官のように、いったん退職するかたちを取っているわけではない。

　現在も警視としての身分は保持している。逮捕令状の請求も執行も可能だ。警察手帳も携帯している。

　もっとも、警察庁職員である真冬には法律上、捜査に携わる資格がない。現実には犯人を逮捕することはできないのである。

警察法は皇宮《こうぐう》警察を除いて、捜査は都道府県警察が行うと規定しているからだ。

いずれにせよ、偽りのライターとしての身分を早く完成させなければならないことを真冬は痛感した。

「まだ駆け出しなんです。署名なしの記事ばかりです」

声の調子を整えて真冬は答えた。

「そうなの、じゃああなたの記事を楽しみにしてるよ」

「ありがとうございます」

真冬は平静な声を装って答えた。

やはり実績を作らなければならない。

どちらかの雑誌で署名入りの記事を掲載してもらう必要がある。

継続的な執筆は無理でも、一回二回は自分にも書けるはずだ。

現実に採用してもらえるレベルの記事が書けるかわからないが、警察庁からなんとか頼み込めないものだろうか。小さなコラムでもよいのだ。

「それにしてもどこの社か知らないけど、あなたみたいな若い女性ライターに殺人事件の調査記事を書かせるなんて感心しないね」

和久は渋い顔で言った。

「はぁ……」

真冬は答えに窮した。

和久はそれなりに親切な気持ちなのだろう。

だが、なんとなく腹が立っていた。

ひと言で言って大きなお世話だ。

会ってすぐの人間に、その事情も知らず生き方のアドバイスをするなど失礼だ。

また、女性が選ぶべき職業という感覚にジェンダーギャップを覚えざるを得ない。

「前はなにしてたの？」

和久の追及はなかなか厳しい。

「先生、そんなに根掘り葉掘り聞いちゃ酷だよ」

友作があきれ声で助け船を出した。

「そうだな。失礼した」

和久は唇を歪《ゆが》めてかすかに笑った。

「公務員でした」

真冬は和久の目を見てつよい調子で答えた。

「公務員やってたほうがよかったのにねぇ」

皮肉っぽい口調に戻って和久は言った。

「自分としてはいまの仕事が気に入っています」

「でもね、雑誌市場はすごいスピードでシュリンクしてるんだ」

気難しげに和久は眉間にしわを寄せた。

「存じ上げています」

硬い口調で真冬は答えた。

「《旅のノート》だって《トラベラーズ・マガジン》だっていつ廃刊になるかわかったもんじゃない。あなたまだ若いんだから、ほかの仕事も考えたほうがいいよ」

「ご意見ありがとうございました」

真冬は一礼して自分の席に戻った。

ほかの人間は真冬が抱いた不快感に気づいたのか、黙って下を向いている。

「和久先生、なに頼もうか」

友作が取りなすように言った。

「いや、ウトロで中途半端な時間に食事したんでまだ腹が減ってないんだ。僕はもう失礼するよ」

和久はコップに残ったビールを飲み干すと、すっと立ち上がった。

「ホテルまでお送りします」

村上がさっと立ち上がった。

「ホテルは道路の向こうじゃないか。村上くんは遠山さんたちと話があるのだろう。僕はひとりでいいよ」

和久はその場の人間にかるく会釈すると出口へと向かった。

村上はあわてて後を追った。

「あ、和久先生。待ってください」

「ホテルでお茶しましょう」

「じゃ、朝倉さん、ごちそうさま。またね」

矢野、喜多村、山中の三人もあわてて出ていった。

彼らから聞くべきことは聞いたので、真冬としてはかまわなかった。

あとには真冬と友作が残された。

「和久先生は悪い人じゃないんだけどな」

友作が独り言のようにつぶやいた。

「大丈夫です。なんとも思っていませんよ」

真冬はなるべく明るい声で答えた。

「いや、本当に悪気はなかったと思うよ。それにしても、いきなりあの人が現れるとは思ってなかったからなぁ」

友作は頭を掻いた。

ライター稼業は楽ではないと真冬は感じていた。

和久はあきらかに駆け出しライターの真冬を見下していた。

警察庁のキャリア官僚として名刺を渡したときの相手の態度とこれほど違うものか。

もっとも友作が言うように、和久も決して悪気があったわけではあるまい。

世間知らずの若い女に真摯《しんし》なアドバイスをしたつもりなのだろう。

そう考えていると、真冬の気持ちも落ち着いてきた。

3

しばらくして村上が戻ってきた。

「村上さん、ほれ、もともとうちのお得意さんだった朝倉さんだ」

友作が立ち上がったので、真冬も立ち上がって名刺を渡した。

「ルポライターの朝倉真冬です。よろしくお願いします」

「あ、お疲れさまです。網走市産業観光課の村上高志です。どうぞよろしくお願いします」

澄んだ青空を背景にした見渡す限りのひまわりの花の写真が上部三分の一くらいにプリントしてある名刺だった。村上の名前の脇に網走市産業観光課企画係主査の肩書きがあった。

「昨夏の事件の取材にお見えなんですってね」

村上は興味深げに訊いた。

「はい、迷宮入りしそうなので、わかる範囲のことを調べて記事にする予定です」

真冬は言葉に力を込めた。

「いや、大変なお仕事だなぁ。警察の捜査が暗礁に乗り上げている事件なのに、おひとりで調査なさるんですか」

村上は感心したような声を出した。

「当たって砕けろです」

「あはは、頑張ってくださいね」

声を立てて村上は笑った。

さわやかな笑顔に、明るく優しい人柄を感じる。

「ふたりともさ、いつまでもお見合いしてないで座れば？」

いつのまにか座っていた友作がふざけて言った。

「いやだなぁ、遠山さん。変なこと言わないでくださいよ」

笑い混じりで村上は友作の隣に腰を下ろした。

真冬は友作の左隣のもとの席に座った。

「ま、一杯飲めよ」

友作が手を延ばしてビール瓶を突き出した。

「無理ですよ。まだ仕事中ですよ」

「和久先生が帰ったからいいんじゃないのか？」

ニヤニヤ笑っている友作は冗談のつもりなのだろう。

「そうはいきませんよ。五時一五分までは勤務時間です。それにクルマです」

「へへへ……それからさ、村上くん、なんか食わないか？」

友作が誘うと、村上は顔の前でかるく手を振った。

「いや、ウトロで和久先生にご相伴《しょうばん》したから大丈夫です」

「それじゃ、真冬ちゃんの尋問開始だ」

尋問という言葉にドキッとしつつ真冬は言葉をゆったりと発した。

「村上さんも写真がご趣味なんですね」

「ええ、さっきの三人とはよく一緒に撮りにいきます。皆さんと同じように野生動物や花を撮るのが好きなんです。なので、遠山さんにはお世話になっています」

村上は明るい声で答えた。

「この人、写真上手いし、ほんとにいい人だから一緒に森に行くと楽しいんだよな」

友作は嬉しそうに言った。

「だけど、勤めがあるので、撮りにいけるのは土日祝日専門なんです。もっとゆっくり撮りたいという気持ちもありますが、なかなか忙しくて」

村上は頭を掻いた。

「和久先生とも撮影に行くんですか」

差し障りのない話題を真冬は続けた。

「たまに仕事でお供はしますが、大先生の前でカメラは出せないですね。恥ずかしくて……」

村上は照れたように笑った。

「そんなに大先生なんですか」

「ええ、和久先生は最近では野生動植物もお撮りになりますが、風景写真では日本でも五本の指に入るような写真家です。国際的な賞をたくさん受賞されていて、国内でもいろんな栄誉に輝いているんです」

「そんなにえらい先生なんですか……駆け出しなもので存じ上げませんでした」

真冬の言葉に村上はゆっくりとあごを引いた。

「ですから、来月にうちの市民会館で『オホーツクの自然と課題』の講演をして頂けることは大変な栄誉なのです。これも和久先生が網走市のご出身だからなのです」

村上の声はどこか誇らしげだった。

「え？　和久先生は網走市のご出身なんですか？」

意外な事実だった。

「はい、先生は能取地区のご出身です。いわば郷土の偉人なのです。だからこそ我が網走市に対してはひたすらな愛をお持ちになってくださっているのです」

村上は頬を紅潮させた。

「ま、えらいかえらくないかは別にして、すごい写真撮るよなぁ。オオワシとキタキツネの氷上の対決とかさ、キタキツネがシマリスくわえて走ってるヤツとか、あと羅《ら》臼《うす》のヤツ……シマフクロウが魚獲っているシーンとか。よくあんなの撮れるよな」

友作は鼻から息を吐いた。

「相当に努力されているんじゃないんですか。撮影場所の研究もなさっていて……和久先生は原則として野生動物については隠密行ですからね」

　村上は感慨深げに言った。

「最近は俺にもあんまり声かけてこないもんなぁ」

　嘆くような友作の口調だった。

「そうなんですか」

「うん、最近はさっぱりだ。それに俺がガイド頼まれるのはおもに風景と花なんだよ。動物はあんまりないんだ」

「じゃあ、あのオオワシとキタキツネの写真も？」

　食堂に飾ってある写真はいつも友作と一緒のときに撮ったものではないのだろうか。

「いや、あんときは一緒だった。食堂の写真はぜんぶガイドしたときのだよ。でも、フクロウとかは声かけてこない。知床のシマフクロウも相当撮っているんだけど、俺も場所は知らないんだ」

「よく理解できます。ご自分の撮影場所を荒らされたくないんでしょう。シマフクロウのような貴重な野生動物の撮影場所が知られてしまうと、ロクでもないアマチュアが押しかける。すると、とんでもないことが起き始めますから」

村上は眉根を寄せた。

「どんなことですか？」

ふたりの表情が急に厳しく変わった。

「撮影に邪魔になる草木を切る人間なんて珍しくない。ひどいヤツになると、子っこを撮りたいからって木を揺するバカがいる。巣で眠っているフクロウを撮るために石投げて起こすヤツまでいるもんな」

友作の抑えた口調には怒りが籠もっていた。

「ひどい……」

真冬は言葉を失った。

ちらっと聞いてはいたが、そこまでひどいのか。本末転倒もいいところだ。そんなエゴイスティックな人間には決して野生動物に近づいてほしくない。

「ま、こっちも夜はお客さんいるから、スケジュール合わせるの難しいけどな」

友作はのんきな声を出して話題を戻した。

「和久先生は超過密スケジュールですからね。今日明日は珍しいくらいだ」

「今夜はこちらのホテルにお泊まりなんですか」

さっきはたしかホテルに戻ると言っていた。

「ええ、明日、小清水町でちょっと花を撮ってからお帰りになるそうです」

村上がゆっくりうなずいた。

「ところで、この人の写真さ、よく雑誌に載るんだよ」

自分のことを自慢するように友作は言った。

「いや、あれは素人投稿枠のフォトコンテストですから」

顔の前で手を振って村上は謙遜した。

「でもさ、受賞している写真は誰のもみんな素晴らしいし、あんな人たちのなかで勝ち残ってくのは大変な話だよな。そのなかでも村上くんの写真がダントツだな」

友作はゆっくりとうなずいた。

「そんなことないですよ。だいいち、写真雑誌はもうオワコンに近い状況ですよ」

村上は眉を寄せた。

「そうなんですか？」

雑誌のライターを名乗っている真冬には聞き捨てならぬ話だった。

「かつて三大カメラ誌と言われていたのは毎日新聞社の『カメラ毎日』と朝日新聞出版の『アサヒカメラ』、日本カメラ社の『日本カメラ』でした。それぞれ古い歴史を持ちます。『カメラ毎日』は一九五四年の創刊、『アサヒカメラ』はなんと一九二六年、

『日本カメラ』も一九五〇年には創刊されています」

名前は聞いたことのある雑誌ばかりだった。そんなに古くからあるジャンルなのか。

「一九二六年というと九〇年以上むかしですね」

「ええ、元号が大正から昭和に変わった年ですからね」

「日本人のカメラ趣味は古いのですね」

「そうなのです。たとえば、最後の将軍だった徳川慶喜《とくがわよしのぶ》も一二〇年以上むかしの明治二〇年代から写真撮影を趣味としています」

「そんなに古くから！」

真冬は驚きの声を上げた。

「ところが、デジカメの普及で写真趣味を取り巻く環境が一変してしまった。写真を撮る人は爆発的に増えました。写真を撮る技術も機械が代わってくれるようになりました。たとえば、フィルムカメラ時代には夜景一枚を撮るためにどれほどの技術を身につけなければならなかったか。また、重い三脚をかついで寒いなか長時間粘らなければならなかったか。まして夜景をバックに人をきれいに写す場合は特殊な技術を要しました。ところが、いまはスマホを被写体に向けて、画面をタップするだけで、人も夜景もきれいに写るようになりました」

村上は取り憑《つ》かれたように一瀉千里《いっしゃせんり》に話した。

「な、なるほど」

真冬は村上の勢いに気圧《けお》されて答えた。

「これはいいことなんです。たくさんの人が写真に親しむのは歓迎すべきです。まずはフィルムカメラと比べて写真を撮るためのコストがはるかに安くなりました。さらに、Ｗｅｂという発表の場がいくらでもあります。またスマホのカメラの高性能化によって、写真は日常的なものとなりました。のめり込んだ人の特別な趣味だった写真は、すべての人の日常的な表現に変わったと思います」

「おっしゃるとおりですね」

たしかに村上の言うとおり、真冬にとっても写真はごく日常的なものだ。職業柄ＳＮＳなどのオープンアカウントは持っていない。だが、ちょっとした資料はスマホで撮って保存しておくし、美味しいものを食べたときなど日記代わりに必ず撮っている。また通りかかった店の名前を記憶したいときやちょっと気になった景色などをメモ代わりに撮ることもある。

「ですが、写真趣味が一般化すると同時に、カメラ専門誌は断末魔という状況に追いやられました。一九八五年に休刊した『カメラ毎日』に続けて、先月刊行の七月号で

『アサヒカメラ』も休刊となり、九四年の栄えある歴史に幕を閉じることとなったのです。最後の砦の『日本カメラ』も長年にわたって発行部数が低迷しています。いつまで刊行を続けられるか危うい状況です」

「さっき和久先生が雑誌市場そのもののシュリンクについておっしゃっていましたが、写真雑誌はその傾向が顕著なのですね」

「はい、とくにひどい衰退ぶりです」

村上は淋しげに声を落とした。

「まぁ、フォトレタッチソフトやスマホアプリでさまざまな加工や合成ができるようになったので、なにがよい写真なのか受け手も混乱し続けている時代ですからねぇ」

嘆くような声で村上は続けた。

「プロの方もいまはデジタルカメラで仕事なさるんですよね？」

さすがにフィルムカメラでは不便なことが多いだろう。

「ええ、和久先生はずっとフィルム派でしたが、一〇年ほど前からはほとんどデジタルに移行されましたね。南条さんは修業時代は知りませんが、仕事はみんなデジタルでした。デジタルは階調がやせていて豊かな表現ができないといわれていましたが、最近はずいぶん改善されましたからね。でも、風景写真に限って言えば、いまでもフィルムの写りはデジタルにマネできない部分があるんですよ。まぁ、僕も最近はフィルムはすっかり買わなくなってしまいましたが」

村上は頭を掻いた。

「そうなんですか」

真冬はいささか驚いた。フィルムカメラは決してオワコンではないのだ。

村上の写真談義はおもしろいが、いつまでも聞いているわけにはいかない。

「被害者の南条沙織さんとお知り合いなのですよね？」

真冬はようやく本題を切り出した。

「ええ、うちで使う写真をたくさん撮って頂いてたんですよ。たとえばさっきお渡しした名刺の写真も南条さんの作品です」

「そうなんですか！」

真冬は名刺を取り出して見入った。

遠くに斜里岳の姿も見えて、とても美しい構図だった。

「この写真をはじめ、夏、秋、冬と三回にわたって来網されたときに、南条さんは網走市のために三〇枚以上の作品を撮ってくださったんです。どの写真も好評です。市長をはじめ、市議会議員の皆さんもこれからもぜひお願いしたいと言っておりました」

「網走市にとっては貴重なフォトグラファーだったのですね」

村上は大きくうなずいた。

「はい、ほかにも広報誌や観光協会のウェブサイトなどにたくさん作品を提供してくださっていました。後任の写真家さんは見つけられずにおります」

声を落として村上は言った。

「一年以上もですか」

「南条さんは網走という土地と、この地の動植物を本当に愛してくださっていました。あの人以上に網走を愛していたプロの写真家はいないと思います」

村上はしんみりとした顔になった。

「素晴らしい方だったのですね」

「すぐれた技倆《ぎりょう》を持つ写真家はたくさんいます。ですが、写真はこころの表現だと思います」

「こころの表現……」

真冬は村上の言葉をなぞった。

具体的な意味が知りたかった。

「被写体への愛がどれほど深いかは、写真表現の要《かなめ》だと思います。僕は写真は素人ですが、被写体に対する愛を少しでも表現したいと願いながらシャッターを切ります。その意味で、あんなに豊かな網走の写真を撮れる方はほかにいなかったと思っています。僕は残念でなりません」

　村上は淋しげに言った。

「和久先生にはお願いできないんですか？」

　素朴な疑問だった。

「いや、とても無理です。だいいち和久先生はそんな小さな仕事はお請けにならないと思います。仮に請けてくださったとしても、当市の予算では負担しきれません。網走市は人口三五〇〇〇人に満たない市に過ぎないのです」

　村上はとんでもないという表情で答えた。

　空港もあるのに、ずいぶん少ない人口だという気がする。

　こちらへ来る前にざっと調べたら、二五年くらい前だと四五〇〇〇人ほどの人口があったようだ。多くの地方都市の例に漏れず、ここ網走も年々過疎化と高齢化が進んでいるのである。

「なるほど……そういうものなのですね」

　あたりまえのことかもしれないが、写真の仕事にも大小があるのだ。

「写真家には格というものがありますからね。まぁ、ポスターとかなら交渉する余地はあるんでしょうけど。いまは新しいポスターを作成する予定はありませんから」

詳しくはわからないが、名刺に使う写真撮影だってポスター用写真の撮影に負けず劣らず手間暇が掛かることもあるのかもしれない。

面倒で対価が低く目立たない仕事を、和久のような大物写真家が嫌うのはあたりまえなのだろう。

話を聞いていて、真冬はなにか少し残念なものを感じた。

「南条さんにはもっと大物になってほしかったですね」

真冬はなんの気なく言った。

「実はね、そのための計画も進行中だったのですよ」

村上は意外な言葉を口にした。

「え？　どういうことですか？」

「エコーセンター2000という当市の施設があります。正式にはオホーツク・文化交流施設という名称です。コア施設は席数四六五席のエコーホールなのですが、ほかにも大会議室や工芸室、クッキング室、音楽練習室などいくつもの施設を併設している多目的施設です。なかに一〇一平方メートルの展示室があります。こちらで昨秋に南条さんの個展を開催する準備を進めていたのです。さらに交流室を使った写真教室も同時開催したり、大会議室での講演会なども予定していました。先にも申しましたように、市長や市議会議長をはじめとする何人もの市議会議員が南条さんの作品を気に入っていますので、とんとん拍子に話が進みました。ＮＨＫや北海道放送などの取材も入る予定でした」

村上はいくぶん頬を紅潮させて熱っぽく話した。

「そんな素晴らしい計画があったのですか」

驚いて真冬は訊いた。

「はい、これを第一歩として、南条さんには当市の魅力の伝道者として、たとえば『網走写真家』などの名称で活躍して頂きたいと計画していたのです。ですが、すべてはむなしい夢となってしまいました……」

急に村上の声は沈んだ。

「残念なことになってしまいましたね」

真冬の言葉に村上は大きくうなずいた。

「彼女と仕事をご一緒していて、南条さんが人に殺されるような人でないことはよく知っています。反対に誰からも愛される方でした。僕だけではない。彼女と親しくしていた人間であれば、誰しも同じ感想を持つでしょう」

「人に恨みを買うような人ではなかったのですね？」

無駄とは思いつつも真冬は念を押した。

「とんでもない。自分に厳しくしっかりした意志を持っていましたが、他人に対してはとてもやさしい人でした。小動物やヒナにもやさしくてね。たとえば巣から落ちたヒナなんか見つけたときは大変でした」

村上はそのときのことを思い出すような顔つきになった。

「巣から落ちるヒナはそんなに多いんですか」

真冬は野生動物のことはそれほど詳しくない。

すべての知識は友作から与えられたようなものだ。

「意外と多いです。つよい風雨や天敵の動物のせいで巣から落ちてしまうヒナがいるのです。あるいは親鳥がエサを運んで来たときに、兄弟と奪い合いをしてうっかり落ちるヒナも少なくありません」

「知りませんでした」

「親鳥には戻してやる力はありませんので、そのままでは天敵のエサになるか餓死してしまいます。そんなとき、南条さんはポロポロ涙をこぼしながら巣を探すのです」

「え？　巣って真上にあるんじゃないんですか？」

意外な言葉だった。まっすぐに真下に落ちるのではないのか。

「巣から急に落ちて明るくて広い場所に放り出されることになります。ヒナは怖くって仕方がないんです。まだあまり動けないヒナでも這《は》って地表を移動していることが多いのです。だからある程度広い範囲を探さなければなりません。そんなときに雨が降ってきても南条さんは必死で巣を探し回ってたんですね。見つけるとどんなことをしてもヒナを巣に帰そうとします。僕ももちろん手伝ったんですけどね。撮影にも使うことがあるから僕はクルマのなかにちいさい脚立を積んでます。それを使うんです。けど、南条さんは無理して脚立からさらによじ登ったトドマツの木から落ちてちょっと背中を打ったこともありました」

村上は苦笑いを浮かべた。

「危ないですね」

「山奥の森のなかでケガをしたら、場合によっては生命《いのち》取りになります。救急車を呼んでも簡単に来れる場所じゃないですからね」

渋い顔で村上は言った。

「たしかに……サンカヨウの池なんて携帯の電波も入らないんですもんね」

「そうなんです。一一九番するまでにも相当の時間が掛かる場所ばかりです。もちろん、南条さんはそんなことは百も承知です。でも、かわいそうなヒナを見ると、自分のことなんて忘れちゃったんでしょうね」

村上はしんみりと言った。

「やさしい人だったんですね」

たしかにそうだろう。だが、一方で感情的に行動しすぎる傾向は否定できない。ヒナのために大ケガをすれば、たくさんの人に迷惑が掛かることになるのだ。

ふと、真冬は自身を振り返る。ついうっかりで迷惑を掛ける人が出てくるおそれも少なくはない。南条沙織を非難できる立場ではない。

サンカヨウの池のような深い森の奥で、南条沙織と一緒になって懸命にヒナを助けようとする村上の姿を思い浮かべると、真冬の胸はキュンとなった。

この人は純粋な人間なのだと感じた。それはもちろん、南条沙織によく思われたいという気持ちもあったろう。だが、それ以上にかわいそうなヒナを助けたいという気持ちを抱いたのに違いない。また、ヒナを助けたい南条沙織のこころに打たれたのだろう。

村上の表情がすべてを物語っているような気がした。

他者を思いやる素直なこころを持つ人間が真冬は好きだ。

そう言う視点で見ると、村上のいままでの発言のすべてが自然を愛し、郷土を愛するまっすぐな気持ちに満ちているように思えてきた。

ある男性を気に入ると、真冬はその人物に対しての評価が甘くなることを自覚していた。

「そうです。本当にやさしい人だった。僕は犯人を許すことはできない」

村上は湧き上がった感情を抑えるようにわずかの間、目をつぶった。

真冬は耳が痛くなった。

たとえではない。

ほんとうに苦しんでいる人と対峙《たいじ》していると、真冬は左耳の奥に痛みを感ずるのだ。キーンという耳鳴りとともに痛みが出るとき、相手はこころに大きな不幸を抱えている。

過去の一例を挙げると、職場の同僚と昼食をとっていたときに真冬の耳は痛くなった。

彼女は元気いっぱいに振る舞っていたので不思議だった。

あとで真実を知って驚いた。

彼女が結婚したばかりの夫が大変な病気に罹《かか》っていたのだ。めまいや頭痛、視野狭窄《きょうさく》に苦しんで病院にいったら、なんと脳腫瘍ができていた。それも危険な部位だった。良性だったが、ひとつ間違えれば死に到る危険性があった。

そんなときに真冬は彼女と食事をしたのだった。

さいわいにも彼女の夫の腫瘍は手術で除去でき、大きな後遺症も残らなかった。不幸が去った後の彼女と、ふたたび食事をしても耳の痛みは感じなかった。

真冬の耳の痛みはあるとき急に始まった。

小学校二年生のときだった。

その頃の同級生に佳奈《かな》という女子がいた。ぽっちゃりとした丸顔の佳奈は口数は少ないが、いつもにこにこ笑っている明るい子だった。

夏休みが始まる前の日。ほとんどの児童が、明日からの自由な日々に胸を躍らせて帰った後のことだった。

数人しか残っていない教室に彼女がぽつりと座っている後ろ姿を見たときに、キーンという耳鳴りとともに痛みが真冬を襲った。怖くなった真冬は保健室に走った。教室へ戻ってみると、佳奈の姿はなかった。

祖母は真冬を金沢大学附属病院に連れて行って精密検査を受けさせたが、とくに異常は見つからなかった。担当医師は心因性のものかもしれないが、あまり気にしないようにと言った。

佳奈は夏休みの間に行き先も告げずに転校していってしまった。夏休み明けにその事実を告げた担任の教員に聞いても、転校先も理由も教えてくれなかった。

その後しばらくしてから真冬は街の噂を聞いた。父親のＤＶがひどくて、佳奈と母親はどこかのＤＶシェルターに入ったらしい。

いま振り返ると、耳の痛みが始まった時期は、父の遺言である「かーか、おゆるっしゅ」という言葉の意味が、はっきりわかった頃と重なっていた。

その頃から、真冬はこころに苦しさを抱えている人に会うと、耳の奥に痛みを感ずるようになったような気がする。

動物が地震予知をすることについてはたくさんの研究が行われているが、はっきりとした理由は明らかにされていない。動植物には、音、電気、電磁波、匂いなどに対して、人間とは比較にならない感知力を持つ種がある。

あるいは人間がかつて持っていた感知力が、真冬のなかで目覚めてしまったのかもしれない。深く考えても仕方がない。いつの間にか、真冬は自分の耳の痛みをあるがままに受け容れるようになっていた。

村上は、南条沙織を失ったことでほんとうに苦しんでいるのだ。

おそらくは彼女のことを女性として愛していたのだろう。

「お気持ちよくわかります」

真冬はこころを込めて答えた。

「ところが、事件から一年以上も経つのに、警察は手がかりすらつかめていないのです。いったいどうなっているのでしょうか。日本の警察はそんなに無能なのでしょうか」

村上の目が怒りに燃えている。

「わたしも一日も早く犯人が捕まってほしいと願っています」

願うだけではなく、現実にしなければならない。

「ジャーナリストの朝倉さんのお力に期待しています」

真冬の目をまっすぐに見つめて村上は真剣な表情で言った。

「あの……わたしはジャーナリストというほどの者でもないんですけど……」

とまどいながら真冬は答えたが、村上の表情は変わらなかった。

「僕にできることがあればなんでもおっしゃってください。南条さんを手に掛けた犯人を明らかにするためなら、どんなことでもするつもりでいます」

村上は両の瞳を鋭く光らせた。

「よろしくお願いします。お力をお借りしたいことがたくさん出てくると思います」

つよい味方を得た。友作に次ぐ援軍の登場を真冬は心丈夫に感じた。

「なんなりとおっしゃってください」

「まずひとつ教えて頂きたいことがあります」

「なんでしょうか？」

村上は身を乗り出した。

「網走中央署の刑事さんたちがよく夕飯を食べるお店などはご存じではないですか」

ライターを名乗って網走中央署に公式に取材を申し込んでも、捜査資料より詳しい情報が得られるはずはなかった。

刑事たちが食事している店で聞き耳を立て、場合によっては会話に加わって情報を得るつもりだった。いや、情報などは得られなくともかまわない。網走中央署に立っている捜査本部になんらかのゆさぶりを掛けられればそれでいいのだ。

「ああ、そんな簡単なことですか」

村上は拍子抜けしたような顔をした。

「ぜひ教えてください」

「昼食なら警察署から東へ三〇〇メートルほどの位置にあるラーメン屋と西へ五〇〇メートルほど離れたそば屋ですね。でも、飲みに行くとしたらもっと近く、北へ一〇〇メートルくらいの場所に居酒屋があります」

「よくわかりますね」

真冬は驚いた。

「網走市には飲食店の数が多くないのです。警察署をはじめとする市役所、税務署などの官庁街は駅から一・五キロ以上でかなり離れているのでなおさらです。警察署は市役所の隣です。彼らが行く店はわかります。我々はバッティングしないような店を選んでますから」

たしかに警察署員と市役所の職員が同じ居酒屋で飲むとなると、くつろげないだろう。

「その居酒屋の名前を教えてください」

警察官の昼食は誰もがせわしないと聞いている。

仕事を終え、ゆっくり飲んでいるところを狙いたいと考えていた。

「刑事がよく集まるのは《ひまわり食堂》という大衆食堂と居酒屋を兼ねたような店です。安くてボリュームがあるので人気があります」

「《ひまわり食堂》ですね」

真冬は村上の言葉をなぞった。

わかりやすい店の名で、忘れるはずもなかった。

「ええ、網走川の河口に近いところです。《流氷街道網走》という名称の道の駅があります。冬場は流氷砕氷船《おーろら》の発着場になっている流氷観光の拠点施設です」

村上はちょっと誇らしげな顔で言った。

「流氷は、網走の名物のひとつですね。わたしも大学生のときに見て感激しました。水平線まで氷原が続いている光景を実際に見たときの驚きと喜びは本当に身が震えるほどでした」

そのときの感激を真冬は昨日のことのように思い出した。

はしゃいで子犬のように走り回ってすっころび、おでこにこぶを作って友作を心配させた。

「そんなに感激して頂けたとは網走市民としてはありがたい限りですね。日本で流氷が見られるのは、ここオホーツク海沿岸だけです。網走と紋別から観光用の砕氷船が出ているのです」

「流氷はロシアの川の水と海水が混じったものなのですよね」

「はい、流氷はアムール川の河口あたりで塩分の薄くなった海水が凍ったものです」

恥ずかしいことに、むかしは単純に海が凍ったものと思い込んでいた。アムール川の河口から一〇〇〇キロもの旅をしてくることは、初めて流氷を見た大学一回生の冬に友作から教えてもらったのだ。

「流氷がやって来る日は年によって差があるんでしたよね」

「はい、流氷が視界に入ってきた日を流氷初日といって一月中旬頃が多いです。船舶が航行できないと判断される流氷接岸日は、早くて一月八日、遅いと二月二二日と聞いています」

「かなり開きがあるのですね」

「ええ、そのあたりが流氷観光の難しいところですね。観光客の皆さまは流氷を見たくて来網される。でも、接岸のニュースを聞いてから旅行計画を立てる人は少ないでしょう。二月中旬ころなら絶対大丈夫だと思っても水平線上にチラチラという年もあるのです。まぁ、まれですが……。ついでに氷がバラバラになって沖へ流れ出す日を海明けと呼んでいますが、平均は三月二〇日頃です」

「海明けですか、きれいな言葉ですね」

「ええ、海明けが訪れる頃は春の陽差しがポカポカと降り注ぎます。僕たちの気持ちも明るくなって、行動的になってくる時期です。ついでに、流氷が水平線の向こうに消える日を流氷終日と呼び、平均では四月一一日頃です」

　村上は顔つきまで明るくなった。

「すみません、流氷の話ばかり訊いてしまって……《ひまわり食堂》は道の駅の近くなのですね？」

「はい、その道の駅から道道一〇八三号網走港線を渡って市道をちょっと入ったところです」

　村上はスマホを取り出して検索を掛けた。

「ほら。ここです」

　マップの一点を村上は指差した。

「わかりやすい場所ですね」

　迷うような位置ではなかった。

「マップ座標のＵＲＬを送りましょうか？」

「いえ、その必要はありません」

真冬はほほえんだ。

「でも、真冬ちゃん、無理しないでくれよ。相手は警察だぞ。怪しまれて引っ張ってゆかれるかもしれないでないかい」

友作は眉間に深いしわを寄せた。

「心配しないで。大丈夫だから」

真冬はにこやかに答えた。

いざ身柄を拘束されれば、警察手帳を提示するまでだ。

まさか、真冬を逮捕する者はいないだろう。

友作に要らぬ心配を掛けていることに、真冬のこころは痛んだ。

だが、動きにくくなるので、できるだけ身分は明かしたくなかった。

トラブルが生ずることは大いに考えられた。

「なにかわかったことがあったら携帯にご連絡ください。心配なことがあったらいつでもお電話頂いて大丈夫です。何時でもかまいません」

村上は真冬の目を見つめ、言葉に力を込めて言った。

本当にありがたい協力者だ。

真冬は胸の奥が熱くなった。

「ずっと真冬ちゃんについてててやりたいんだけどなぁ」

友作は不安げに真冬の顔を見た。

「それじゃあ取材になりませんよ」

真冬は噴き出した。

「今夜は馴染《なじ》みの常連さんのご夫婦が久しぶりに泊まりに来てくれるんだ。その人たちを空港まで迎えに行かなきゃならないからなぁ。つきあえても四時半頃までだ」

残念そうに友作は言った。

五時過ぎに新千歳からの便があるはずだ。

遅い到着のお客さんだが、今夜の夕飯は菜美子が作るのだろう。

「夕飯どきまではだいぶ時間があるな。どうするんだい？」

「濤沸湖の原生花園に行ってみることにします」

そう決めていた。今後の旅雑誌の仕事の下見になるだろう。

「二〇分ちょいだ。送ってくよ」

「平気、バスで行きますから」

バスを使えば三二分で着くはずだ。

「いいよ、どうせ女満別空港まで行かなきゃなんないからね。うちに帰っても中途半端だから」

「あんまりわたしのお守りばかりお願いできないです。菜美子さんに悪いもの」

今夜の泊まり客があるのなら、宿にも仕事が待っているのではないだろうか。

「いや、魚の仕入れは今朝終わってるんで、あとの俺の仕事は日用品とかの買い物だけなんだ。空港に行く途中で買い物できる店があるんだよ」

どこまでも親切な友作であった。

それにしても、真冬の朝食の前に魚を仕入れに行っていたのか。おそらくは仕入れ先は網走だろうから、今日は二往復することになる。

「じゃ、お言葉に甘えて」

「よっしゃ決まった」

嬉しそうに友作は言った。

村上に何度も礼を言って別れ、真冬はふたたび友作のヨンマルに乗り込んだ。

4

すでに空は完全に晴れていた。

雲ひとつなく、朝の霧がウソのようだった。

網走の市街地を抜けて国道二四四号線で斜里方向に向かう。

たくさんの漁船が舫《もや》ってある網走港を通り過ぎると、車窓の左手にはオホーツク海がひろがった。

「オホーツクWブルーですね」

真冬ははしゃいだ声を出した。

「いいねぇ。今日は空も海も最高の色に染まってら」

友作も上機嫌でステアリングを握っている。

言葉通りに二〇分前後で小清水原生花園に到着した。

国道沿いのひろい駐車場には大型観光バスが何台も駐まって、たくさんの観光客が原生花園との間を行き来している。

「ずいぶん賑やかなんですね……」

想像していた姿とかけ離れていて、真冬は驚いた。

「まぁ、小清水町いちばんの観光資源だからな」

言い訳するように友作は言った。

駐車場の横にはRC構造の立派なインフォメーションセンターが建って、来訪者を歓迎していた。

「寄ってくか?」

「いいえ、お花だけを見られれば……」

真冬はだいぶ興が失せていた。

せっかく大自然が作った美しい花畑を、観光のために台なしにしているような気がした。

釧網《せんもう》本線線路を遮断機のない踏切で渡ると、左手には緑色の屋根とログハウス風の壁を持つ小さな駅舎が現れた。

「かわいい駅ですね」

「原生花園駅だ。五月から一〇月だけ列車が停車する臨時停車駅だよ」

このあたりからレンガタイルのきれいな歩道で丘を上る。

歩道の左右にはちらほらとレモンイエローやオレンジの花が咲いている。ところどころにバラに似たハマナスの赤い花も見える。

途中からコンクリートの階段となった遊歩道を上りきると、かなりのスペースを持った展望台に到着した。

「うわっ、すごいっ」

真冬は目を見張った。

目の前のゆるやかな斜面には数え切れないほどのレモンイエローとオレンジの花が咲き誇っていた。

「黄色いのがエゾキスゲ、オレンジのがエゾスカシユリだよ」

「きれいですね」

素直にきれいだと思った。この華やかさを自然が作ったという事実は感動すべきものだ。

目の前には三つの山が行儀よく並んで青く霞んでいる。

左手にはオホーツク海のひろがりが望めた。

「右の山は斜里岳ですね」

すっかり馴染みになったかたちのよい山容だ。

「そう、まんなかが海別岳《うなべつだけ》、左が遠音別岳《おんねべつだけ》、みんな知床の山だよ」

「左手にずっと伸びてるのは知床半島なんですね」

真冬は興奮気味の声を出した。

「そうさ、遠音別岳の左手にごっつい山があるだろ。あれが羅臼岳だ」

ずっと左手に視線を移すと、ほかの三山とはかなり違う山容が見えた。

「険しそうな山ですね」

「知床連山の主峰で最高峰だ。クマがいっぱい棲んでる山さ」

友作は横顔で笑った。

真冬はデイパックから一眼レフを取り出して、次々にシャッターを切った。

まわりにはたくさんの観光客がスマホを自然の花畑に向けたり記念写真を撮っている。

朝、訪れたサンカヨウの池とはなんという違いだろう。

なんとなく真冬は淋しくなってきた。

「下のほうまで行ってみるかい？　いちばん眺めがいいのはこの天覧ヶ丘展望台だけどな」

友作は斜里方向に下っている遊歩道を指差した。

遊歩道のあちこちに写真を撮っている観光客の姿が散見された。

「いえ……ここだけでじゅうぶんです。この丘の美しさは堪能しました」

静かな調子で真冬は断った。

網走に戻ってきたのは、四時頃だった。

「これからどうする？　俺は買い物してから、五時過ぎに着く飛行機に乗ってるお客さんをお迎えに行くけど」

「ちょうどいい時間ですよ。網走中央署の取材は四時からなので、それまでは網走川沿いで時間をつぶしています」

「取材の後は、《ひまわり食堂》に行くんだよな」

「ええ、そうしようと思っています」

「時間が余るんでないか？」

「そのときは道の駅《流氷街道網走》で時間調整してます」

網走中央署と《流氷街道網走》は二〇〇メートルほどしか離れていない。

「それがいいな。《ひまわり食堂》のすぐ近くだし。二階にフードコートがあるから、お茶でもしてたらいいさ」

「了解です」

ヨンマルは網走港を過ぎると、道道一〇八三号網走港線に入った。すぐに赤茶色の壁と三角屋根を持つ《流氷街道網走》が右手に見えてきた。

友作はひろい駐車場に入ってゆき、入口に近いところにヨンマルを停めた。

「何時頃に帰れる?」

「さぁ、状況次第なんですが、遅くとも九時くらいには帰れるんじゃないんでしょうか」

状況がどう転がってゆくかはまったく読めない。

「とにかく迎えに行くから」

心配そうな顔で友作は言った。

「でも、四〇キロもあるのに……」

札幌《さっぽろ》と小樽《おたる》の距離だ。

「毎日、仕入れと買い物に行ったり、お客さん迎えに行ったりしてるんだ。気にすんな」

北海道人は距離感が違うとは言うが……。

「あんまり遅くなりそうなら、駅前のホテルに泊まっちゃいます」

「俺は何時でもいいぞ」

友作は言葉に力を込めた。

「どっちにしても必ず連絡しますから」

「わかった。じゃあな」

ヨンマルは排ガスを残して駐車場を出て行った。

5

真冬は駐車場の川沿いまで歩いた。

「これが網走川なのか……」

目の前には一〇〇メートルほどの幅を持つ川が音もなく静かに流れていた。

透明度は高くないが、薄緑の川面《かわも》には青空と白い雲がきれいに映っている。

対岸には細長い堤防が左右にずっと延びて、右手には切り立った大岩が屹立《きつりつ》していた。

帽子を被せたような形状を持つ島と呼べるような大きな岩礁《がんしょう》である。

堤防の向こう側にはオホーツク海と青い空がひろがっている。

マップで確かめると、西堤防と帽子岩とある。

帽子岩の向こうにも堤防はさらに続いていて、河口は見えなかった。

しばらく川と海を眺めながら、真冬はこの後の取材のことを考えていた。

網走中央署は敵の本丸かもしれない。

「まぁ、なんとかなるでしょ」

真冬は独り言をつぶやくと、網走中央署に向けて歩き始めた。

網走中央署はＲＣ構造の二階建ての地味な建物だった。

一階の警務課に用件を告げると、係の制服警官は愛想よく応対してくれた。

明智審議官からの手回しが効いているようだ。

なんと警務課長自らが案内してくれるという。

五〇歳くらいの禿頭の警務課長に案内されて、二階にある署長室へと足を進めた。

「どうぞ」

警務課長がドアをノックすると、室内からしわがれた声が響いた。

「警察庁共済組合広報誌の記者さんがお見えになりました」

部屋に入ると、警務課長が真冬を紹介してくれた。

木製机の向こうに馬面《うまづら》で真っ白な髪の顔色の悪い制服姿の男が座っていた。

「まぁ、掛けてください」

署長は立ち上がると、机の前に置いてある黒いソファを掌でさし示した。

古ぼけた革張りのソファに真冬は腰を下ろした。

「はじめまして。フリーライターの朝倉真冬と申します。本日は季刊『かがやき』秋号の取材で伺いました」

ほほえみを浮かべて、真冬は名刺をローテーブルに置いた。

「署長の湯浅《ゆあさ》です」

湯浅署長は、あまりうまくない愛想笑いを浮かべて名乗った。

「お時間を頂戴して恐縮です」

真冬は恭敬な態度で頭を下げた。

「いやいやご懸念なく。いまはたいした事件も起きておりませんので」

気取った口調で言うと、署長はソファに深く身を委《ゆだ》ねた。

「そう言って頂けるとありがたいです」

「それにしてもきれいな記者さんですね」

署長はどこか下卑《げび》た顔つきで口もとをゆるめた。

いかにも昭和オヤジらしい発言だ。

いまどきこんな発言は機関の長として適切とは言いがたい。

「恐れ入ります。本日は秋号の『全国署長訪問』というコーナーの取材で参りました。

全国各地の街を守る警察署をとりまとめていらっしゃる署長さまから、ざっくばらんなお話を伺って、そのお人柄をご紹介しようという企画です。こちらが最近の本誌になります」

真冬は最近の春、夏、秋の三冊をテーブルに置いた。

A5判フルカラーで三〇ページくらいの薄い冊子である。

退職共済年金や共済掛金の解説ページや、手軽な夕飯レシピなどが掲載されている。

「ほう、我々はなかなか目にする機会はない雑誌ですね」

署長は珍しそうに手に取ってパラパラとめくった。

実際にこのコーナーは『かがやき』に存在している。もっとも秋号については京都市内の警察署長が取材を受ける予定となっているはずだ。

掲載時期が近づいたら、湯浅署長には掲載が延期になったとでも伝えればよい。トラブルとなった場合、最終的には明智審議官に説明してもらう手もある。

「お話を録音してもよろしいでしょうか」

「もちろんですよ」

署長は鷹揚な声で答えた。

真冬はICレコーダーをテーブルの上に置き、ノートと水性ボールペンを取り出した。

「まずこちらの署にはどのくらいお勤めなんでしょうか」

真冬はあたりさわりのない話題から切り出した。

「わたしは一昨年の春に、旭川西警察署の副署長からこちらに異動になりました。網走に来て二年三ヶ月ですね。今度の三月末で定年退職です。この中央署が最後の勤め先となるでしょう」

「網走の街を守るお仕事として、第一に力を入れていらっしゃることがありましたら、教えて頂きたいのですが」

「北海道一の安全な都市、網走を実現したいと考えております」

署長は背を伸ばして毅然とした口調で答えた。

「平和な街と伺っております」

「はい、網走は犯罪発生率の低い街です。網走署は網走市と大空町しか管轄していませんからそもそも人口が少ないのです。両方合わせて四〇〇〇〇人ちょっとの住人ですからね。世を騒がせている振り込め詐欺もほとんど発生していません。おまけに昨年網走市を根拠にしていた暴力団が解散しました。一昨年は北見市を根拠にしていた暴力団も解散していて、北見方面本部管内から暴力団も消えたのです」

「理想が実現する日も近いのですね」

「ええ、そう信じています。ですが、やはり一定数の犯罪は発生しています」

「どんな犯罪でしょうか」

「まずは窃盗犯などを根絶する必要があります。また、事故防止も大切です。交通安全も重要な課題ですし、雪による事故、たとえば除雪作業中の事故などもなくしていかなければなりません」

「なるほど、やはり雪による事故はあるんですね」

「ええ、雪が少ない地域ではありますが、降るときには降りますから」

「ほかに力を入れていらっしゃることはありますか」

「たとえば、網走市では毎年秋には『オホーツク網走マラソン』が開催されます」

「どんなマラソン大会なのですか」

「網走刑務所をスタート地点とし、能取岬や網走湖畔のひまわり畑など、オホーツクの大自然のもとで走るフルマラソンの大会です。三〇〇〇人が参加する本市としては最大級のイベントですので、万が一にも事故が起きないように力を入れて警備態勢を敷くことになります。まぁ、署員たちも手慣れておりますので事故など起きることもないでしょう」

湯浅署長は胸を張った。

続けて署長は『オロチョンの火祭り』『さんご草まつり』『あばしりオホーツク流氷まつり』など、網走のイベントに対する警備態勢などについて得々と語った。

堂々とした発声で話し続ける署長にとりあえず怪しいところは感じられなかった。

真冬は肝心の質問に移ることにした。

「そう言えば、昨夏、女性カメラマンが管内の山奥で殺害されたという事件が報道されていましたね」

「はぁ……その件は……」

署長の答えは急に歯切れが悪くなった。

「まだ犯人は捕まっていないのですよね」

「そうですね」

顔色が悪くなってゆく。

「捜査は進んでいるのですか」

真冬は畳みかけて訊いた。

「いや、それは……」

署長は貧乏揺すりを始めた。

「なにかわかっていることはないのですか」

「おい、きみ、今回の取材とは関係ないんじゃないのか」

不愉快そうな署長の声だった。

「すみません、ちょっと関心があったものですから」

真冬は引き下がることにした。

ゆさぶりとしては多少の効果があるだろう。

「その事件については継続捜査中なので、一切お話しできませんよ」

何を訊いても無駄という突っぱね方だった。

「失礼しました」

真冬は素直に頭を下げた。

「記事にする内容だけに絞ってくださいよ。こちらも忙しいんだ」

署長はいらだちの声で言った。

「承知しました。では、署長さんご本人について伺います」

それからは湯浅署長の趣味など、プライベートな内容についての質問となった。

趣味は管内周辺のドライブとジョギングとのことだった。

雑誌取材の側面から考えても、通り一遍の回答しか得られなかったが、それでも真冬はメモをとった。

内容が事件解決に役に立つとは思えなかったが、取材の体裁は整えなければならない。

「ありがとうございました」

真冬はＩＣレコーダーのスイッチを切った。

「たいしたお話はできませんでしたが……」

「いえ、楽しいお話を伺えました。続けて、お写真を撮らせて頂いてもよろしいでしょうか」

真冬はデイパックのなかから一眼レフカメラを取り出した。

「イケメンに撮ってくださいよ」

冗談を言いながら、署長はソファでポーズをとった。

「おまかせください」

立ち上がると、友作に教わったとおりカメラを構えて真冬はシャッターを切った。

署長室にストロボが光り続けた。

真冬はていねいに礼を言って署長室を出た。

署長インタビューの効果のほどは定かではない。

この後の《ひまわり食堂》での行動と相まって、なんらかの効果が出ることを真冬は願っていた。

時刻は五時少し前だった。

《ひまわり食堂》に顔を出すのは、六時くらいでいいだろう。

時間にゆとりはあった。

真冬は道の駅《流氷街道網走》に向かって歩き始めた。

五分も掛からずに三角屋根の建物に着いた。

真冬は一階の土産物コーナーなどをぶらぶらと歩いてまわった。

二階に上ってびっくりした。

フードコートは《キネマ館》という名前で、入口の真上には高倉健や石原裕次郎《いしはらゆうじろう》などの似顔絵がずらりと並んでいる。

自販機で食券を買うタイプの食堂だが、ホッキ・ホタテ・イクラが載った海の幸丼や、網走ちゃんぽん、ホタテ釜飯、鶏の唐揚げザンキ丼、流氷カレーなどご当地色いっぱいだった。

真冬はホットコーヒーのチケットを買って店内に入った。

左手には窓が一面にとってあって、網走川河口と防波堤を介したオホーツク海の眺めが素晴らしい。

意外と広い店内には『網走番外地』や『ローマの休日』などの写真額が飾ってある。席の透明な間仕切りが映画フィルムのデザインになっているのもおもしろかった。

三〇人くらいの観光客らしき人々と地元客と見える人々が談笑しながら食事をしていた。

真冬は店の隅の席にひとり座ってコーヒーを飲みながら時の経つのを静かに待った。

6

陽が傾いて、あたりには夕闇が迫ってきた。

今日の網走市の日没は一九時頃のはずだ。

時計の針は午後六時少し前だった。

そろそろ閉店時刻だ。

真冬は道の駅を出て、村上に教えてもらった《ひまわり食堂》を目指した。

あたりにはほかに《流氷》という名の喫茶店が一軒あるだけなので、迷うことはなかった。

赤い片流れのトタン屋根に白いサイディングの壁を持つカジュアルな雰囲気の店だった。

真冬はいささか緊張してのれんをくぐった。

「いらっしゃいませ。何名さまですか？」

バイトの大学生くらいの女性店員が元気よく声を掛けてきた。

「ひとりです」

真冬はにっこり笑って答えた。

女性店員はちょっと妙な顔をしてから愛想笑いを浮かべて声を上げた。

「お好きな席へどうぞ」

店内は外から見るよりは広く、四人掛けのテーブル席が六つと、奥に二畳くらいの小上がりが一ヶ所設けられていた。

小上がりには三人のワイシャツ姿の男性がいて、ふたつのテーブルにそれぞれ二人組のワイシャツ姿の男性が飲んでいた。さらにひとりで食事している男もいた。女性客は誰もいなかった。

村上の言葉を信じれば、この四組の客のうちに網走中央署の警察官がいる可能性は低くはないのだ。

真冬は素早く視線を巡らせ、座っている客のなかから警察官らしき体格や顔つきの者を探す。

警部時代に短い期間だが神奈川県警本部刑事部の捜査二課に所属していたこともある。ノンキャリアの刑事たちの雰囲気もある程度はわかる。

小上がりの三人は全員体格もよく目つきが鋭い。

それに加えて言葉では表現しにくい刑事臭さがある。人を疑って生きる職業独特のオーラのようなものを放っているのだ。

真冬は小上がりに近い壁際のテーブル席に座った。

ほかの客のテーブルとはいささか離れている場所だった。

ビールとソイの刺身を頼んだ。

ソイはメバルの仲間の白身魚だが、寒冷な地域でよく獲れる。

真冬は両耳に特殊な集音器をセットした。

一見するとワイヤレスイヤフォンのようにも見えるが、実は一種の補聴器だ。

本体を押すとボリュームが調整できるようになっている。

そもそも目立たないデザインだが、仮に気づいたとしても端から見ればスマホで音楽を聴きながら食事しているように見えるだろう。

すぐにお通しの枝豆と瓶ビールがやってきた。

ビールをコップに注ぎながら、真冬は聞き耳を立てた。

「だけどさ、まだ、チョウバから離れられない奴は気の毒だよな」

太った四〇歳くらいの男の野太い声が聞こえた。

しめたと真冬は内心で快哉《かいさい》を叫んだ。

このチョウバは、おそらく捜査本部を指す警察の隠語だ。やはり小上がりの三人組は刑事らしい。

「そうですよ、もう捜査幹部もあらかた見放してるヤマじゃないですか。いわゆる迷宮入りですよ。さっさとチョウバ解散しちまえばいいんですよ」

いくらか若い痩せた男が言った。

完全に刑事同士の会話だ。真冬はドキドキしてきた。

それなりに声をひそめてはいるが、集音器は彼らの会話をよく拾ってくれる。

「仕切ってる管理官がまたなぁ……」

三人目のガタイのいい男が言った。

「仙石《せんごく》かぁ……あの石頭な」

太った男が顔をしかめた。

「あいつなぁ」

　ガタイのいい男はまゆをひそめてうなずいた。

「だいたい、初動に間違いがあったんだよ。鑑取り鑑取りってマルガイの周辺を洗うことばかりに人を割《さ》いたろ。あれが間違いだよ」

　太った男が憤慨口調で言った。

　鑑取りまたは識鑑とは、被害者の人間関係を洗い出し、動機を持つ者を探し出す捜査をいう。

　刑事畑にいなかった真冬だが、警察大学校や所轄署での実習で学んでいる。このくらいの刑事用語は理解できる。

「そうですよ。マルガイの東京の仕事関係や交友関係の捜査なんて範囲が広すぎたんですよ」

　ビール瓶を突き出して若い男は太った男にお酌した。

「本部のヤツらがえらそうな顔して動き回るからいけなかったんだ」

　太った男が吐き捨てるように言った。

「うちは全員引き上げになったからいいけど、強行犯の連中はまだ半分は吸い上げられたままだぜ」

ガタイのいい男は不満げに言った。

と言うことは、知能犯係か盗犯係だろうか。暴力団相手の組織犯罪対策係の刑事たちほどいかつくはない。助っ人として駆り出された刑事たちに相違ない。

「強行犯の連中はヒマだからいいよ。この半年で検挙数が暴行犯二件だけだ。それも年寄りのケンカだ。殺人、強盗、放火、強制性交なんかの凶悪犯はゼロなんだぞ」

太った男は身体を揺すって笑った。

「網走はなぁ。やっぱり番外地だからなぁ」

若い男が嘆き声を上げた。

「盗犯だって人のことは言えんだろうが、振り込め詐欺も検挙件数はゼロ、詐欺は食い逃げ一件、窃盗は万引きばかりだ」

ガタイのいい男は苦笑した。

「署の重点目標が、飲酒運転の根絶と落氷雪、除雪等作業中の事故防止だからなぁ」

若い男はまたも嘆き声を上げた。

「おまえもこんな所轄にいたら、成績上げられないから出世から外されちまうよな」

「やめてくださいよぉ。将来性のある僕に対して」

若い男が口を尖らせた。

「なに調子に乗ってんだ」

ガタイのいい男が若い男の頭をはたいた。

「うわっ、本気で叩くし」

若い男は悲鳴を上げた。

「おまちどおさま」

染付の器にきれいに盛られたソイの刺身がテーブルに置かれた。

見るからに鮮度のよさそうなソイだった。

会話が気になったが、事件関連の話題から、釣りの話に変わっていた。

刺身の表面が乾いてしまっては鮮度が台なしだ。

真冬は刺身に箸をつけた。

透き通った身は歯ごたえよく、淡泊な味わいだが甘みがある。適度に脂ものってなかなか美味しかった。

真冬はスマホを取り出して、写真を撮った。

ビールをひと口飲んで、真冬はふたたび聞き耳を立てた。

だが、その後の刑事たちの話題はプロ野球に移っていった。

真冬は意を決した。

両耳から集音器を外してポケットに入れる。

ビール瓶を手にして真冬は席から立ち上がった。

緊張を顔に出さないように努めて、真冬は三人の刑事たちに歩み寄っていった。

「あの、ビールご馳走してもいいですか」

にっこり笑って明るい声で呼びかけた。

三人はビクッと身体を硬くして、いっせいに真冬を見据えた。

真冬がビールを注ごうとしたら、ガタイのいい男は自分の手でさえぎった。

「お姉さん、誰？」

太った男が大きく目を見開いた。

「どこかの店の人だっけ？　おまえの馴染みのホスちゃん？」

ガタイのいい男が若い男をつついた。

「いや、僕は知らないですよ」

若い男は首を傾げた。

三人とも狐につままれたような顔で真冬を見ている。

「刑事さんなんでしょ？　皆さん」

真冬は思い切って尋ねた。

背中に汗がわずかににじんだ。

「おまえ声が大きいんだよ」

ガタイのいい男がふたたび若い男の頭をはたいた。

「痛ててっ」

若い男は頭に手をやった。

「迷宮入りの事件って、去年の夏の女性カメラマンの一件ですよね？」

真冬は明るい声を保って聞いた。

「な、なんだと……」

太った男が目を剥いた。

「なんでちっとも捜査が進まないんですか？　詳しいお話聞きたいなぁ」

無邪気な声で真冬は訊いた。

「いや、あんたなんでそんなこと訊くの？　何者？」

ガタイのいい男が眉間にしわを寄せて訊いた。

「失礼しました。わたし、こういう者です」

真冬は一枚の名刺を取り出して、ガタイのいい男に渡した。

「なんだ、ライターか。ブンヤかと思ったよ。見ない顔だから変だなぁと思ってたんだ」

ガタイのいい男は納得したような声を出した。

「どんなことでもいいから教えてくださいよ」

真冬は三人に向かって熱心な口調で頼んだ。

「ダメ。捜査情報は一切漏らせない」

太った男が顔の前で激しく手を振った。

「聞きたいことがあったら、捜査本部の広報担当に聞いてよ」

ガタイのいい男はそれだけ言うと立ち上がった。

「あ、ちょっと待ってください」

真冬の言葉に答えを返さず、ほかの二人もそそくさと立ち上がった。

「いま聞いたことはぜんぶ忘れてね。そうでないとあなたが不利益を受けることになるかもしれませんよ」

ガタイのいい男は脅し文句を残して小上がりから離れた。

三人は会計を済ませて店の外へと出ていった。

たいした情報は得られなかった。

彼らが初動捜査に誤りがあったと感じていること、仕切っている仙石という管理官を苦手に思っていることがわかったくらいだ。

しかし、捜査本部に一石を投ずることはできたように思う。

そもそもこの店で刑事たちと接触したのは、ゆさぶりを掛けたかったからに過ぎない。サンカヨウ事件のことを嗅ぎ回っている女がいると、彼らの口から湯浅署長をはじめとする捜査陣に伝わることが目的なのだ。その意味ではある程度の成果は挙げられたと真冬は思っていた。

網走中央署か捜査本部の内部に、不正を働いているような者がいるとしたら、動きがあってもおかしくはない。

残りのビールを飲み干すと真冬は立ち上がって会計を済ませた。

七時を少しまわったところだった。

せめて東藻琴までバスで帰ろうと思って、店を出たところでスマホで調べた。

だが、終バスはとっくに終わってしまっていた。

やはり友作に甘えるしかなさそうだ。

《ひまわり食堂》ではソイの刺身しか食べなかったので、お腹が空いていた。

だが、店内に戻る気にはなれないし、《キネマ館》はとっくに閉まっている。

真冬は数軒先の《流氷》の看板が光っているのを見て歩き始めた。

喫茶店だが、ピザトーストでもサンドイッチでもいいと思っていた。

7

四角い格子にガラスの入ったドアを開けるとカウベルが鳴った。

コーヒーのいい香りが漂っている。

店内は昔ながらの喫茶店の雰囲気で、チョコレート色のウッディな壁が落ち着く。

低めのボリュームでジャズピアノのソロが流れている。

流氷の写真額がいくつか飾ってあった。

カウンターで新聞を読んでいたマスターがじろっと真冬を見た。

ひとりでやっている店のようだ。

ほかに客はいなかったので、真冬は入口を向いて店のいちばん奥の席に座った。

「いらっしゃいませ」

マスターはゆっくり歩み寄ってきた。おしぼりと水、メニューをテーブルに置くと、無言でそのままカウンターに戻っていった。

メニューにさっと目を通すと流氷サンドと称するカツサンドやカレーがあった。

だが、写真を見るとあまり美味しそうにはみえなかった。

「ブレンドコーヒーをください」

真冬はとりあえずコーヒーだけを頼んだ。

「ありがとうございます」

マスターはカウンターから素っ気なく答えた。

カウベルが鳴って、店内にワイシャツ姿の男が入って来た。

さっきの三人組ではない。

たしかひとりで食事していた男だった。

男はつかつかと真冬の席に歩み寄ってきた。

「ちょっと君」

いきなり男は尖った声で言った。

身長は高めで筋肉質の引き締まった身体つきだ。

ひと目見て刑事とわかるオーラを放っている男だった。

「わたしですか？」

真冬はとぼけて答えを返した。

「そう。ちょっと話があるんだけど、ここに座っていい？」

有無を言わせぬ調子で男は訊いた。

「かまいませんけど……」

男はせわしなく正面の椅子に座った。

年齢は三〇代のなかばくらいか。

逆三角形の色白の顔で、鼻筋が通っている。

刑事にしては知的で品のいい顔立ちだが、両目に険がある。

マスターが真冬のオーダーしたコーヒーをテーブルに置きながら、二人の顔を交互に見た。

なにも言わずにマスターは戻っていった。

真冬はコーヒーカップを手に取った。

「君の名前を訊かせてくれないか」

自己紹介もなく、男はいきなり訊いてきた。

「その前にあなたいったいどなたなんですか？　身分を証明するものを見せてください」

男は警察手帳を提示した。

だが、さっとしまったのでよく読み取れなかった。

「おまわりさん？」

「道警捜査一課の者だ」

背中を伸ばして男は言った。

捜査本部に出張っている刑事に違いない。

これはいいカモが掛かったとしか言いようがない。

うまくすると、エビでタイを釣ることができるかもしれない。

真冬はコーヒーに口をつけると黙って相手の言葉を待った。

「君、さっき、《ひまわり食堂》にいたよね？」

「ええ、いました」

「奥の小上がりで飲んでた男たちに声かけてたね」

「はい、お話してました」

「あの連中が網走中央署の捜査員だと知ってたんだね」

真冬の目を刑事はじっと見つめた。

人のこころを見通そうとする、実に刑事らしい目つきだ。

「正確には違いますね」

「どういうこと？」

刑事は首を傾げた。

「あの場で刑事さんだってわかったんです」

「なんでわかったのさ？」

「だってあの人たち、事件の話してましたから」

刑事の舌打ちがちいさく響いた。

真冬はかまわずにコーヒーを飲み続けた。

「で、君の目的はなに？」

身を乗り出してつよい視線で真冬を見据えながら刑事は訊いた。

「取材です。わたしライターなんですよ」

平気な顔で真冬は答えた。

「そう言えば、名刺渡してたな」

「朝倉真冬と言います」

真冬は名刺を差し出した。

さっと名刺をとると、刑事はじっと眺めた。

「詳しい話が訊きたいんで、中央署まで来てもらえないかな」

屈服させるような口調で刑事は言った。

「なんのために？」

真冬は表情を変えずに尋ねた。

「話を訊くためだと言ってるだろ」

いらだった声で刑事は言った。

「あなたはいくつも間違いを犯していますよ」

コーヒーカップをテーブルに置いて、真冬はさらりと言った。

「なんだと」

刑事は怒りと驚きとが入り混じったような表情に変わった。

「なんの間違いだよ」

「まず第一に、国家公安委員会規則第四号警察手帳規則をしっかり遵守《じゅんしゅ》していませんね」

真冬は毅然とした声で言い放った。

「馬鹿言うな。警察手帳は提示した」

刑事の表情にはとまどいが見えた。

真冬が警察手帳規則などを持ち出したからだろう。

「同規則は『警察官であることを示す必要があるときは，証票・記章を提示（呈示）

しなければならない』と定めています」

「だから見せたって言ってるじゃないか」

いらいらと刑事は言った。

「さっきの警察手帳の見せ方では記章は提示されたと言っていいでしょうが、証票は提示されたとは言いがたいですね」

理窟っぽい調子で真冬は説明した。

「なんだと」

刑事は目を剝いた。

「それが証拠に、わたしはあなたの氏名も階級も読み取っていません。形式的にはともかく実質的には提示したことにはなりません」

真冬はつよい調子で言った。

「うるさい女だな。ほらよく見ろ」

ふたたび刑事は警察手帳を突き出した。

今度はしばらく真冬の顔の前で提示されたので、氏名も階級も読み取れた。

「松永久範《まつながひさのり》さんね。階級は警部補ですか。捜査一課だと主任クラスですね」

淡々と真冬は言った。

「ライターのくせに妙に詳しいな」

松永は首を傾げながら手帳をしまった。

警察手帳の身分証明欄には顔写真が貼られているが、氏名と階級、手帳番号だけが記されている。所属や職名は書かれていない。

「第二の誤りです。わたしを任意同行する理由が示されていません。わたしが同意できる内容かどうか判断しようがないではないですか」

ふたたび理屈っぽい調子で真冬は言った。

「うるせぇなぁ。訊きたいことがあるから署まで来いって言ってんだよ」

松永はごろつきのような口調というか、本来の刑事らしい口調で言った。

恫喝《どうかつ》して相手を動揺させるのは刑事の常套手段だ。

取調室ではもっと頻繁に出てくる口調だろう。

「正気の言葉とは思えませんね」

真冬は冷たい声で答えた。

「つべこべ言わずに一緒に来い」

目を怒らせて松永は恫喝を続けた。

真冬はちょっと腹が立ってきた。

「威迫《いはく》によって一般市民を無理やり連行するというのですか」

つよい口調で真冬は訊いた。

「文句があるなら、留置場に何日でも泊めてやってもいいんだぞ」

松永は低い声ですごんだ。

もはやヤクザと変わらない脅し方だ。

「あなたの直属の上司である係長に、あなたが違法にわたしを連行しようとしたことを報告してあげましょうか」

真冬も脅し文句を使い始めた。

「あんた何者だ。弁護士か？」

松永は不思議そうな顔で訊いた。

「違いますよ。ライターだって言ってるじゃないですか」

「ただのライターじゃないだろ？」

まったく信じていないという松永の顔だった。

「ライターですよ。いったい、わたしになんの容疑があるというんですか？」

「俺が話を訊く必要があるって言ってるんだよ」

きつい目で松永はにらんだ。

「まさか『俺が法律だ』って言うんじゃあありませんよね。刑事訴訟法第一八九条第二項で『司法警察職員は、犯罪があると思料するときは、犯人及び証拠を捜査するものとする』と規定されています。もし、犯罪があると思料するのなら、その容疑を明確に提示しなさい」

静かに松永の目を見て真冬は言った。

「こいつ、舐めやがって」

松永は真冬の右腕をつかもうとした。

「仕方ないですね……」

真冬はさっと身をかわして、ポケットから警察手帳を出してゆっくりと松永に見せた。

松永の目が見る見る大きくなった。

「えっ！」

松永は言葉を失った。

「同業者です」

静かな声で真冬は告げた。

真冬の警察手帳を松永は二度見した。

「そんなバカなっ」

松永は叫び声を上げた。

カウンターからマスターがちらっとこちらを見た。

「大きな声を出さないでください」

真冬は静かにたしなめた。

「すみません……まさか警察庁《サッチョウ》の……ましてや警視どのとは……」

途切れ途切れに松永は言い訳した。

警視は本部の課長や管理官、小規模署の署長に就く階級である。

すっかり青くなって松永は言葉を継いだ。

「知らなかったんですよ。警視どのと知っていれば、あんな失礼なことは申しませんでした」

松永の眉がハの字みたいなかたちになった。

「わたしが警視だと知ってたら態度を変えるとは、ますます頂けませんね。一般市民には居丈高《いたけだか》になって、わたしのような者にはていねいに接するというのでは警察官は市民の信頼を失います」

真冬は指弾の手をゆるめなかった。

「本当に申し訳ありません。あんまりいじめないでくださいよ」

松永はペコペコと頭を下げた。

「いじめているわけではありません。警部補といったら、所轄では係長の地位に就く階級じゃないですか。部下にいまみたいな態度を見せてはまずいですよ」

諭すように真冬は言った。

「はい、肝に銘じます」

松永はすっかり小さくなってうなだれた。

そろそろかわいそうになってきた。

「あなたもなにか頼まなきゃね。あ、コーヒーもう一杯でお願いします」

真冬はカウンターに向かって明るい声でオーダーした。

「お待ちください」

うさんくさげに真冬たちを見てマスターは返事した。

「わたしの行動について、ちょっと気色ばんでましたけど、いったいどういう理由なんですか？」

真冬は松永の目を見てゆっくりと尋ねた。

「いや、その……」

松永は目を逸らして口ごもった。

「昨夏の山奥の事件について尋ねただけのことなんですが。なにか捜査上の問題が起きているのですか」

言葉を重ねて真冬は詰め寄った。

「お尋ねの件でありますが、朝倉警視どのにご報告するわけにはいかないのであります」

堅苦しい調子で松永は答えた。

「警視どのはやめてください」

「では、捜査上の秘密保持の観点から朝倉警視に報告するわけに参りません」

捜査に問題が起きているか、という問いに対する肯定の答えと真冬は感じた。

「ただの朝倉でいいです。それでも教えてもらいます」

真冬はつよい口調で詰め寄った。

「まさか……監察ですか……朝倉さんは首席監察官の命令で動いてるんですか」

松永の顔にわずかながら明るいものが兆したのに真冬は気づいた。

この男は監察が入ることを期待しているようだ。

やはり松永はなにか知っている。

しかも、この男はこちらの立場に近いのではないか。

つまり、捜査本部内の不正を問題視している人間のように思われる。

そのとき真冬の耳の奥が痛み始めた。

今日は珍しいことに二回目だ。

目の前の松永の表情は明るい。

だが、この男は苦しんでいる。

捜査本部の不正と戦えない自分を責めているのかもしれない。

詳しいことを話そうと、真冬はこころを決めた。

「監察ではありません。ですが、わたしは昨夏の大空町の殺人事件の調査を命じられています」

真冬は自分の立場をはっきりさせた。

「どうしてそんな調査が？」

はっきりと明るい顔になって松永は訊いた。

もし松永が逆の立場、不正を行っている側である場合には、真冬の身が危険にさらされる場合も出てくるおそれがある。

だが、ここは迷わず進むべきときだ。

もし松永が不正者側であれば、敵に正面攻撃を掛けるということにもなるはずだ。

「まず、これからわたしがお話しすることは絶対の部外秘です。いいですか、あなたの胸だけに収めて外へは出さないでください」

真冬は最初にしっかりと釘を刺した。

「了解しました。決して外へ漏らしません」

松永は真剣な顔でうなずいた。

「わたしは警察庁長官官房、明智審議官の直属の部下です」

とまどいが松永の顔に浮かんだ。

「はぁ……警察庁のえらい人はよくわからないんですが、審議官っていうとかなり上ですよね」

「はい、階級は警視監です」

「ええっ！　うちの本部長と一緒ですか！」

松永はのけぞって大きな声を出した。

「静かに」

またも真冬は松永をたしなめなければならなかった。意外に単純な男なのかもしれない。

「たしか明智審議官のほうが先に入庁していると思いますよ」

北海道警察本部についてはざっと予習してきた。

宮部《みやべ》本部長は東大法学部卒のキャリアで警視監だが、たしか明智審議官の一期下の入庁だ。

「つまり道警本部長より上ですか」

「入庁についてはまず間違いないです」

真冬は静かにうなずいた。

「それで、明智審議官から朝倉さんはどのような任務を拝命しているのですか」

真剣そのものの顔で松永は訊いた。

「わたしは警察庁長官官房の地方特別調査官という役職にあります。実は監察部局とは独立していて……」

真冬は自分の職責と今回の任務について詳しく話して聞かせた。

松永はときどき低くうなりながら真冬の話を聞いていた。

「警察庁では今回の事件の捜査が進展しない陰に、北海道警察本部や網走中央署内になんらかの不正があるのではないかとの疑義を抱いております。わたしの任務は第一に本当に不正が存在するのかを見極めることです。ですが、そのためには昨夏大空町の事件の真相を解明することが必要だと考えております。ですので、松永さんがご存じの事実をいろいろと伺いたいのです。ご協力をお願いしたいと思います」

真冬はしっかりと頭を下げて頼んだ。

「わかりました。朝倉さんは天が遣わした神兵、いや、神将ですよ」

松永はいきなり奇妙なことを口にした。

「は……？」

間抜けな声が真冬から出た。

「あなたのような方が降臨するとは天の恵みだ」

目を輝かせて松永は言った。

「大げさなことを言わないでください。地方特別調査官は新設されたばかりの職ですし、わたしにはなんの経験もないのですよ。過大な期待をされても困ります」

真冬は苦々しい思いで答えた。

「でも本当なんです。僕ひとりの力ではどうしようもなかったんですよ。あなたは警察庁の力を背負ってここへ来てくださった」

「あなたは孤軍奮闘しているのですね」

「ええ、そのとおりです。味方はいないに等しいのです」

「やはり、なにか問題が起きているのですね」

真冬は松永の目を見つめて静かに尋ねた。

「捜査本部、そこに影響を及ぼしている道警本部や網走中央署にはなにかおかしな動きがあります」

松永は声をひそめたが、はっきりと言い切った。

「詳しく話してください」

真冬の請いに松永は眉をひそめた。

「いや、ここではちょっと」

松永はカウンターへちらりと視線をやった。

ちょうどマスターが松永の分のコーヒーを持って近づいて来るところだった。

マスターは無表情にコーヒーを置くと、黙ってカウンターに戻った。

「どこでなら聞かせてもらえますか？」

真冬は会話を再開した。

「そうだなぁ……ひとのいないところがいいですね」

かるく頭を下げて松永はコーヒーを飲み始めた。

ここだって、ほかにはひとりしか人がいない。

たとえばホテルのバーなどのほうが人が多いだろう。

やはり、よほど秘匿性の高い情報が含まれているようだ。

しかし、真冬には当然ながら適当な場所は思いつかなかった。

「わたし、網走のことはよく知らないんです。網走市内のホテルに泊まってもいいんですが、可能なら東藻琴に帰りたいんです」

できることなら露天風呂にも入りたかったたし、『藻琴山ロッジ』のふとんで眠りたかった。

「東藻琴ですって？　大空町のですよね？」

松永はけげんな顔で念を押した。

「ええ、藻琴山に上る道道一〇二号線の途中に『藻琴山ロッジ』という温泉民宿があるんですが、わたしそちらにお世話になってるんです」

「なるほど、でもタクシーだと大変な距離じゃないですか」

納得がいったように松永はうなずいた。

「宿のご主人が迎えに来てくださることになっています」

「こんな時間にですか？」

「ええ、学生時代からよく泊まっていて仲よしなんです」

「常連さんってヤツですね」

「そう。でも、わたしはルポライターと名乗っているんですよね」

「任務の性質上仕方ないですね」

松永はコーヒーを飲み干した。

「では、こうしましょう。中央署に戻ってクルマを借りてきます。この時間なら一台くらいなんとかなるでしょう。捜査協力者と東藻琴で打合せという名目で通りますよ。そのクルマで朝倉さんを東藻琴までお送りします。その途中で詳しいお話をしますよ」

ちょっと弾んだ声で松永は言った。

「アルコールは大丈夫ですか？」

警察官の酒気帯び運転は洒落にならない。

「酒はね、ふだんは飲まないことにしてるんですよ。だから《ひまわり食堂》でも食事はしてましたけど、飲んではいません」

松永は胸を張った。

「なんだか申し訳ないですね。遠くまで送って頂いて」

これから四〇キロを往復させるのは気が引けた。

「いや、かまわんです。捜査のためにもっと遠いところまでしょっちゅう行ってますからね」

「では、お言葉に甘えます」

頭を下げてから、真冬は友作に電話を掛けた。

「遠山さん、お迎えに来て頂かなくて大丈夫になりました」

「網走に泊まることにしたのかい?」

「いえ、そっちに帰ります」

「タクシー使うんなら、迎えに行くって」

「調査に協力してくださる方にお会いできたんです。その方が送ってくださることになっています」

「ほんとかさ」

ちょっと驚いた声を友作は出した。

「はい、信用できる方なので心配しないでください。遅くなるかもしれませんが」

「わかった。入口開けとくから、俺たちが寝てたら勝手に入っちゃって」

「そうします。じゃあそういうことで」

電話を切って真冬はあらためて松永に頼んだ。

「それでは、松永さん、よろしくお願いします」

「ちょっと待っててくださいね。警務課で交渉しますんで……でも、三〇分以内にはここへお迎えにあがります」

松永は早足で店を出ていった。

これから戻るとなると食事は済ませておいたほうがいい。

真冬は流氷サンドと銘打ったカツサンドとアイスティーを頼んだ。

カツサンドは意外と美味しかった。

揚げたてではなくすでにフライしてあるカツを使っていたが、豚の臭みがほとんどなく肉には甘みがつよかった。

メニューをあらためて見ると、網走市内産の黒豚を使っているとのことだった。

とりあえず、真冬はスマホをカツサンドに向けてタップした。絶賛できるとは言いがたかったが、網走産黒豚の味を記憶には留めておきたかった。

食事を終えてしばらくすると戸口に松永が現れた。

会計を済ませて真冬は店を出た。

潮の香りを乗せたさわやかな夜風が真冬の身体を吹き抜けていった。

第三章　耳奥の痛み

1

松永が借りてきたのは北見ナンバーのミニパトだった。

「すみません、これしか借りられなかったんです。乗り心地がよくないかもしれませんが」

「わたしはなんでも大丈夫ですよ」

「では、目的地をセットします。『東藻琴ロッジ』でしたね」

「はい、道道一〇二号線沿いです」

ミニパトはすーっと走り始めた。

ヨンマルに比べたら、ふつうの意味での乗り心地はよい。

だが、真冬はヨンマルのあの硬いサスペンションが道路のギャップを拾ってかるく弾む独特の乗り心地が気に入っていた。なにか動物っぽさを感ずるのだ。

クルマは五キロも走らないうちに市外を抜けて畑地と思しきエリアに入った。

車窓の景色は吸い込まれそうに真っ暗だった。

あたりにはまったく人家などの光が見えない。

「僕が捜査本部に参加したのは、一ヶ月ちょっと前なんですよ」

松永はゆっくりと本題を切り出した。

「最近の話だったんですね」

「ええ、六月一日付で道南の所轄に出た男の代わりに配置されたんです」

「捜査本部ではどんな立場だったんですか」

「予備班ですね。本部の主任や所轄の係長クラスはよく予備班にまわされます。捜査幹部の補助が仕事の中心という位置づけです。でも、事件発生から時間が経っているので捜査幹部はほとんど顔を出すことはありません。正直言って手持ち無沙汰で退屈でした」

松永は低い声で笑った。

「捜査一課といえば刑事部のエリートですよね。もったいない配置ですね」

どう見ても松永はやる気のある刑事だ。

さっきだって、やる気が空回りして真冬を引っ張っていこうとしたのだろう。

「殺人事件ですからね、所轄に任せっぱなしってわけにはいかないんですよ。網走に来るまでは大きな事件の捜査本部にいたんで、目も回るほど忙しかったんです。やりがいもありました。だけど、ここの捜査本部に来たら、なんだか島流しに遭ったような気分でね」

苦い声で松永は言った。

島流しか……。

自分の立場に置き換えて、真冬は同情を禁じ得なかった。

ただ、松永は捜査本部が解散されれば、札幌に戻るのだろう。

自分はふたたび霞が関に席を持つことはできるのだろうか。

「捜査が進展していなかったからですか」

「もちろん、第一にはそれです。ですが、必死に捜査していて進展していないって状況は珍しくはない。刑事の仕事は無駄足だらけです。たとえば関係のない線をひとつひとつつぶしてゆくのは大事な捜査です。でも、その状態にあるときには捜査は少しも進展しません」

「わかるような気がします」

真冬は捜査本部に加わったこともなく、刑事捜査の実際には暗い。だが、捜査が始まった時点でたくさん存在する疑いをつぶす作業の重要さはわかる。

「朝倉さんみたいなキャリアっていうか、官僚さんの仕事は努力すれば目に見えて成果があらわれるのでしょうけれど」

皮肉な調子ではなかった。

松永は本気でそう信じているようだった。

「必ずしもそういうわけでもありませんよ」

官僚の仕事にも予想された成果を得られないものは少なくない。国会答弁の基礎資料作りなど、むなしい成果しか得られない最たるものだろう。

「それにわたしもいまは官僚の仕事をしているわけではありません。調査の仕事は刑事の仕事とよく似ているんじゃないんでしょうか」

真冬は調査官の仕事は成果が見えにくい意味では刑事と同じだと思っていた。

「たしかにそのとおりだ。捜査を捜査するみたいな仕事ですものね」

松永はおもしろそうに笑った。

「言い得て妙ですね」

「しかし、刑事の経験もない人に、よくそんな仕事を振りますよね」

あきれたような松永の声だった。

「本当ですよ。無茶振りもいいとこです」

真冬の本音ではあった。

だが、この地方特別調査官の職を考えたときに、明智審議官はたたき上げのベテラン、たとえばどこかの県警本部の捜査一課長などを引っ張ることは考えなかったに違いない。

刑事が調査官の職に就けば、接触した調査対象の警察官はその匂いをすぐに嗅ぎ分けるだろう。人間は、自分と同じ匂いのする者には敏感なものだ。調査対象の防御の構えは厳重になるに違いない。

捜査の素人である真冬だからこそ、相手は油断する。

たとえば《ひまわり食堂》で話しかけた刑事たちも、真冬が警察官だとは気づかなかっただろう。

おそらくは最後までライターだと信じていたに違いない。素人臭さが功を奏する場合もあるのだ。

真冬は、なにか嗅ぎ回っているが何者かはよくわからない存在であればいいのだ。

「でもね、第二に問題だったのは、こっちのほうが大事なんだけど……捜査本部に所属する連中のやる気のなさですよ」

松永の声にははっきりと怒りが籠もっていた。

「まもなく一年経過ですからね」

真冬はなだめるような声で言った。

捜査本部は初動捜査も含めてだいたい三週間から一ヶ月が一期となっている。一期を過ぎると捜査員は四分の三に減らされ、たいてい事件は長期化する。さらに長期化するとまたも人員が減らされて当初の半分くらいの人数となってしまう。

「それにしても異常なんです。捜一も所轄もぜんぜんやる気がない。聞き込みに出ても適当に時間をつぶしているとしか思えないんです」

松永の唇が震えている。

「適当に時間をつぶすって、具体的に言うとどういうことですか？」

真冬の問いに松永は渋い顔で答えた。

「財布やカード類なども残されていて、性的暴行の痕もないとなると、動機はまずは怨恨と考えるべきですよね」

「ええ、間違いないと思います」

「そこで鑑取りが重要となります。ところが、被害者である南条沙織さんが住んでいた東京の鑑取り捜査はすべて不発に終わりました。彼女に恨みを持っているような人間はひとりも見つからなかった。埼玉の実家付近などで学生時代の交友関係も洗ったのですが、これも不発。出張費も掛かりますから、東京方面に出向いた捜査員はすべて引き上げました。現在は網走での仕事関係の鑑取りを行っていますが、これがひどいんだ。みんな歩き回るのが嫌みたいで、自分たちが移動しやすい位置に住んでいる関係者を訪ねては必要以上の時間を掛けて無駄な質問をしてまわっているんです。いつからこんな捜査方法をとっているのか知りませんが、事件が解決できるわけないです。とくに所轄がひどい」

吐き捨てるように松永は言った。

「中央署の捜査員たちはそんなにやる気がないのですか」

「ええ、とにかく無駄な時間つぶしをしているようです。もし、このまま今月の二五日を迎えて捜査本部が解散となれば、我々捜一は全員が引き上げです。中央署で専従班を作って捜査に当たるわけですが、間違いなくコールドケース行きですよ」

「それではわたしも困ります」

真冬としても二五日までにすべてを解決したかった。

捜査本部の不正を探れという命令だ。不正を行っているもののなかには捜査本部のメンバーも含まれているかもしれない。札幌に帰られてしまっては、調査が困難になる。

「とにかくね、中央署はタガがゆるんでますよ。網走送りなんて言葉もあるくらいでね」

松永は小馬鹿にするような口調で言った。

「淋しい言葉ですね」

網走送り……この言葉も真冬には厳しく響いた。

「中央署はヒマなんです。所轄署がヒマなのはいいことなんですよ」

さっきの刑事たちも言っていたが、網走は至って平和な街のようである。

「大変けっこうなことですね」

「おっしゃるとおりなんです。でも、だからこそ中央署の刑事課はやる気がないんですよ。事件が発生した昨夏には、それでもまだ覇気があったようなんですが、そのうちにすっかり士気が低下してしまったようです」

松永は顔をしかめた。

「これまでの捜査はどんな経過を辿ったのですか」

「まず、地取りが困難と想定されました」

真冬はあの池への道筋を思い出した。

たしか、《藻琴山ロッジ》から先は、二軒ほどの農家しか存在しなかったのではなかったか。

「サンカヨウの池に入る道沿いにはほとんど人家がありませんからね」

「そんな名前があるんですか」

驚いて松永は訊いた。

「いえ、わたしが勝手にそう呼んでいるだけです。とてもきれいな池ですね」

「朝倉さんは実際に現場に足を運ばれたのですか」

松永の目が大きく見開かれた。

「ええ、いま向かっている《藻琴山ロッジ》のご主人……遠山友作さんに案内して頂きました」

「ああ、遠山さんといえば、現場の場所を知っている数少ない人間として取り調べも受けたようですね。名前は知っていますよ」

「でも、彼にはしっかりとしたアリバイがあったのです」

「よかったですよ。下手をすると拘束され続けますからね」

松永は苦笑して言葉を継いだ。

「現場の池……サンカヨウの池の場所を知っている人間は取り調べましたが、全員アリバイがあった上に動機らしきものを持つ人間もみつかりませんでした」

「その人たちには、お昼に会ってきました。アマチュアカメラマンの矢野さん、喜多村さん、山中さん、それから市役所の村上さんですよね」

「はい、遠山さんとその四人です。それにしても朝倉さんいつこっちに見えたんですか」

「昨日ですよ」

「さすがにキャリアは違うなぁ。素早いですねぇ」

松永は感嘆したような声を出した。

「いえいえ、それも遠山さんのおかげです」

真冬は顔の前で手を振った。

「現場には犯人のものと思われる遺留品はなく、ゲソひとつ採取できませんでした。なので、なし割り捜査も不可能でした」

「ゲソ？　なし割り？　すみません、専門用語には不案内で……」

聞いたことのない言葉だった。

「ああ、すみません。ゲソ、あるいはゲソ痕とは犯人などが残した足跡のことを言います。なし割りってのは、遺留品や証拠品の出所や行方を探す捜査をいいます。刑事の隠語です」

松永は頭を掻いた。

「遺留品等はなかったようですね。反対にスマホが発見されていないとのことですが」

「捜査資料をお読みになったんですか」

「ええ、ひと通り目を通しました」

納得がいったように松永はうなずいた。

「スマホは犯人が持ち去ったものと考えて間違いないでしょう」

「現場に残された被害者のカメラやケース内のＳＤカードにはなにも記録されていなかったんですよね」

「すでにそんなことまで把握していらっしゃるとはね。捜査資料には書いてなかったんじゃないですか」

松永は目を見張った。

「はい、その点の記載はなかったです。サンカヨウの池で遺体を発見した喜多村さんと山中さんから伺いました」

「なるほど。僕はその人たちには直接は会っていないんです」

「でも、松永さんはＳＤカードのことをご存じなんですね」

「ええ、捜査員のひとりから聞きました。捜査本部では重要とは考えていなかったようで、捜査資料には記載しなかったのでしょう。ＳＤカードが発見されなければ別でしょうけど」

「ちょっと不自然に感じませんか」

「そうですかね。南条さんは仕事前に殺害されたのではないですか」

松永はあまりピンとこないようだった。

「南条さんは殺害前日の七月二四日に網走入りをしています。空港や宿とかそういったもののメモ的な写真も撮らなかったのでしょうか」

「そういうメモ的な写真は、スマホで撮るんじゃないんですか。スマホは見つかってないわけですし……」

意に介した風もなく松永は言った。

「たしかにおっしゃることには一理ありますけど」

松永にそう言われると、真冬の考えも揺らいだ。

自分もコンパクトデジタルカメラは持っているが、ほとんど使わない。

理由はわからないがスマホのほうが料理でも風景でもきれいに撮れるのだ。最近のスマホはよほど進化しているのだろう。

だが、プロのカメラマンでも同じことなのだろうか。

喜多村や山中は、真冬と同じく違和感を感じていたようだったが。

まぁでも、一眼レフカメラを仕事以外で取り出すかと言えば微妙な話かもしれない。

街なかで大きなカメラを持ち歩いて、なにかにレンズを向ければ目立つ。

さくっとメモをとりたいのなら、プロもスマホを使うかもしれない。

いずれにしても細かいことには違いない。

ミニパトはいつの間にか、《ひがしもこと芝桜公園》の近くまで来ていた。

五キロも行かないうちに《藻琴山ロッジ》に辿り着く。このまま行けば、あと数分で到着だ。

「お話ししたいことはまだまだあるので、ここの駐車場で少し時間調整したいのですが……」

遠慮がちに松永は申し出た。

「ええ、ぜひお願いします」

真冬としてはもちろん否やはなかった。

松永の話はこれから核心部分に入るはずだ。

2

一台もクルマが停まっていない駐車場にミニパトはすべり込んだ。

(怪しいカップルには見えないよね)

真冬は内心で笑いそうになった。ミニパトだけにさすがに不審車両扱いされるおそれはない。

松永はエアコンを切ってウィンドウを開けた。

草の香りが心地よく車内に入ってきた。

「話を続けますね。地取りも遺留品捜査も困難な状況なので、しぜん捜査は鑑取り中心となりました。ところが、さっきも言いましたように動機を持つような人間はひとりも出てこなかったのです。南条さんは他人から恨みを買うような女性ではなかったようですね。網走市の仕事もしていたようですが、市長をはじめたくさんの人に評判がよかったようです」

松永の言葉は村上の言葉と矛盾することはなかった。

「所轄の捜査員たちは、本部の初動捜査に不満を持っていたみたいですが……」

さっき《ひまわり食堂》で聞いた話では、彼らは捜査幹部や管理官たちの捜査指揮を信頼していないようだった。

「所轄の連中は、サンカヨウの池の場所を知っている人間がほかにもいるのではと考えているようです」

「その捜査がふじゅうぶんだったと言うのが不満のひとつなんですね」

「ええ、初動捜査の段階で、遠山さんや四人のアマチュアカメラマン以外にあの池を知っている人間を探し出す努力をすべきだったと言っています。まずは土地勘がある人間を徹底的に洗うべきだと主張しています」

「いまから探したのでは遅いのですか？」

「事件が起きて現場についても報道されたせいで、報道陣、行政関係者、市内の山に入る仕事の人やアマチュアカメラマンなどには徐々に知れ渡ってしまっています。すでに、犯人を探し出すための指標にはなり得ない状態でしょう」

「つまりあの池の場所を知っている人が増えてしまったというわけですね」

「ええ、今年の雪解けからは野次馬やネイチャー写真を撮りに行く人なども増えたようです。あのサンカヨウの池の話をしている人物を追いかけても、事件後に知ったという言い訳をされればそれきりです。所轄の人間は、初動捜査であの池の話をしていた市民などを徹底的に洗うべきだったと考えているのです。ところが、捜査幹部や管理官は池を知っているだけで犯人扱いしても無意味だという考えだったのです。そこで、遠山さんたち五人以外を探す捜査はしませんでした」

「松永さんはどう思われますか。所轄の捜査員たちの考えが間違っていると思いますか」

「ここだけの話にしてください」

　松永は声をひそめた。

「もちろんです」

「僕はその点については所轄が正しいと思っています。捜査幹部たちの判断は妥当ではなかったと思います。地取りも遺留品の捜査も当初から困難である以上、最初はその線を追うべきだったのではないかと考えています。ただ、限られた人員をどのように割り振るかは大変に難しい問題です。初動捜査の時点で自分は捜査本部にいなかったのですから、本当のところはわかりません」

　松永はほっと息をついた。

「なるほど、捜査の実際には難しい課題がたくさんありますね」

いままでの話を聞いていて、松永が大変にバランスの取れた思考をする人間であると真冬は感じていた。

「さて、朝倉さんに聞いて頂きたい話はこれからが本格的になります」

姿勢を正した松永の声には緊張が漂っていた。

「話してください」

真冬はドキドキしながら松永の次の言葉を待った。

「捜査本部に奇妙な動きを感ずるのです」

「奇妙な動きといいますと？」

「今回の事件は、必ずや網走の人間が絡んでいるはずです。それはサンカヨウの池が山奥の現場ということのためばかりではありません。彼女を殺害するにしても、なぜ網走の地を選んだかという事実に引っかかったのです」

松永は理詰めに言った。

「東京では人目が多いから、網走を殺害場所に選んだのではないですか」

「もちろんその可能性は否めません。しかし、彼女は網走ばかりではなく北海道の各地、宗谷《そうや》、阿寒、標津、十勝、富良野《ふらの》、美瑛《びえい》などでもたくさんの仕事をしています。

さらに東北や信州の山岳地帯でも撮影をしている。なぜ、網走でなければならなかったのでしょうか。網走に犯人か協力者のどちらかがいると考えるのが妥当です」

松永のいうことは筋が通っている。

「たしかにおっしゃるとおりだと思います」

「それで、僕は過去に南条さんが網走に撮影に来た日について調べました。第一回が二〇一八年の七月九日から一週間、第二回は九月二二日から一〇日間、三回目が二〇一九年の一月二七日から一週間でした。四回目が殺害された事件当日である七月二五日の前日に網走に来て、そのときも一週間の滞在を予定していました」

南条沙織が網走に滞在した日程は、松永の頭のなかにすっかり入っているようだ。

一昨年の夏、秋、昨年の冬と三回にわたって来網したと話していた村上の言葉通りだ。

「網走市役所の名刺の写真などを撮っていたんですよね」

「ええ、その仕事のために網走に来ていたようです。僕は網走の事件・事故の記録を調べました。たいした意味はなかったのです。八方ふさがりだったので、思いついたことを調べたのです。そうしたら気になることがわかりました。問題は三回目に撮影に来た昨年冬のときのことです」

「なにがあったのですか？」

「南条さんは流氷の写真を中心に撮影していました。網走市から流氷が接岸しそうだとの連絡を受けて、一月二七日に急きょ女満別まで飛んできたのです。去年の接岸は二九日でしたからね。ところが、二八日の月曜日のことです。その日の午後四時から一時間くらいの間に、山川賢三《やまかわけんぞう》という六二歳の男性が網走港の堤防から転落事故死しているのです」

「転落事故……どのような状況だったのですか？」

真冬は驚いて訊いた。

「山川さんは、都内世田谷区在住の会社員ですが、風景写真を撮るために網走に来ていました。その日は市内の民宿泊まりで、一日、流氷の海を中心に撮影を楽しんでいたようです。これは泊まっていた民宿の人が証言しています。その日は粉雪が降っていたのでたいした写真は撮れなかったようですが、夕方になって急に晴れました。夕陽の撮影のために、網走港の帽子岩に続く堤防にひとりで行ったのです。これは堤防の根元近くにある網走市立郷土博物館分館《モヨロ貝塚館》の職員が証言しています」

「モヨロ貝塚ってどんな遺跡でしたっけ」

なにかで読んだ記憶はあったが、真冬の記憶はあいまいだった。

「縄文時代後期から続縄文時代頃のオホーツク文化の代表的遺跡です。網走川の左岸河口に位置します。山川さんは午後三時頃にひとりでふらりと現れ展示物を見学していたそうです。貝塚館は冬季は午後四時までですが、職員のひとりが閉館直前の四時一五分くらい前に山川さんと話しています。『四時頃からそこの浜で夕陽を撮りたかったんだが、光線がよくなってきたからよかった』と言っていたそうです。彼は左岸から帽子岩に向かっているこの西防波堤を目指したのです」

松永はスマホを取り出してマップを表示してみせた。

「ここですか。道の駅《流氷街道網走》の窓から見える堤防ですね」

道の駅は網走川河口の右岸にあるが、西防波堤は左岸側にずっと先まで延びていた。

「そうです。朝倉さんは道の駅にも行かれたんですね」

感心したような声を松永は出した。

「《ひまわり食堂》に行く前に立ち寄って、コーヒー飲んだだけですけど」

かるくうなずいて松永は言葉を続けた。

「道の駅とはちょうど網走川をはさんで反対側ですが、見ての通り一キロ近くもある幅の狭い西防波堤がオホーツク海に突き出しています。帽子岩という天然の岩場と網走海岸を結んでいるのです。網走港にいくつもある防波堤のなかではいちばん外側に位置していますね。この岩には《網走港帽子岩ケーソンドック》というのがあって西防波堤も含めて立入禁止区域に指定されています」

「ケーソンってなんですか？」

聞いたことのない言葉だった。

「ケーソンは防波堤や岸壁をつくる際に必須の鉄筋コンクリートでできた箱のことです」

「海に沈めて使うのですね」

「そうです。このドックは大正一二年に竣工して以来、五〇〇個のケーソンを作っていて現在でも使われています。土木学会選奨土木遺産というものに指定されています。それがため、ここで作業をする人も多いのですが、西防波堤には冬場のそんな時間には人気《ひとけ》がありません。この堤防の入口から数十メートル進んだ地点で山川さんは堤防下の岩場から海に転落したのです」

「目撃者がいたのですか」

松永は静かに首を横に振った。

「山川さんが四時ちょっと前に、堤防を歩いているところは近所の人が目撃しています。ですが、山川さんは堤防から海側のテトラポッド上で写真を撮っていたと思われるのです。転落した地点の付近は、道の駅や近くの民家からは完全に死角になる位置なのです」

「どうしてその位置から転落したとわかるのですか」

「その位置に三脚やカメラ、ザックなどが残されていたのです。もっとも、多少は離れた位置かもしれませんが」

「なるほど……」

「網走港の各防波堤は死亡事故が多発した、漁業者などの作業に支障が出る、あるいは工事中などの理由により、ほとんどの場所が立入禁止です。この西防波堤もかつては釣り人の転落事故が何回か発生しました。そのため、二〇〇七年には入口に立入禁止のゲートが設置されました。山川さんはゲートを越えた先、一〇メートルほどの地点のテトラポッドで写真を撮っていたものと思われます。つまり立入禁止地域なのですが、撮影のために規制を破ったものと思われます。結果、山川さんはテトラポッドから海に落ちて死亡しました。死因は溺死ですが、落水時に低水温のために心臓マヒを起こしたようです」

「遺体は、すぐに見つかったのですね？」

「はい、接岸前とは言え、流氷が海をふさいでいましたからね。遠くには流されず、すぐに近くの浜に漂着したのです。翌朝、午前六時過ぎに近所の住民が遺体を発見し一一〇番通報しました。司法解剖はされませんでしたが、検視は行われて致命傷となるような外傷もないことから事故と判断されました。流氷の海に漂っていた遺体の死亡推定時刻の判断は困難ですが、午後四時から六時くらいと判断されました」

「四時ちょっと前という最終目撃証言とも符合しますね」

「はい、当日の日没は四時三六分です。山川さんが日没後しばらくまで撮影しようと計画していたとしても、まぁ五時くらいまでだと思います。日没後、何時間も撮影していたら、それこそ凍死してしまいますからね」

「では、おそらく四時から五時の間くらいに落水したものと判断されたんですね」

「はい、そうです。この転落事故が起きた日に、南条さんは市内周辺のどこかで撮影をしていたわけです。夕陽がきれいだったので、屋外にいたことはまず間違いないでしょう。僕はこの転落事故と南条さんの事件に関連があるのではないかと考えました
……もちろん、まったく関係はないかもしれない。しかし、最近は網走でも滅多に起きない氷の海への転落事故と、市内ではさらに珍しい殺人事件が同じ写真関係者界隈で起こったのです。しかも転落事故の同時刻、南条さんは市内のどこかで写真を撮っ

ていた可能性がある。両者に関連がないとは言い切れないでしょう？　僕は自分でここまで調べたうえで両者の関係を調べるべきだと捜査本部で主張しました。先週のことです」

熱っぽい調子で松永は語り続けた。

「捜査本部ではどんな判断をしたのですか？」

「それが……単なる事故と網走署で断定している。関連性を疑う必要はない。捜査をすることは認めない。これですよ」

松永は眉を吊り上げて息巻いた。

「それはおかしいですね。捜査は八方ふさがりなんですよね。少しでも可能性のあることは調べるべきだと思います」

明智審議官から拝命した任務とも深く関わっていそうだ。

「そうですとも、冗談じゃあないっ」

松永は鼻からふんと息を吐いた。

「捜査本部内で、誰が反対しているんですか？」

「中心となっているのは管理官の仙石秀之《ひでゆき》警視です。いまは刑事部長も捜査一課長も顔を出しませんから、仕切っているのは彼です。さらに副本部長である湯浅署長も同じ考えです。所轄の連中はもちろん署長に右にならえです。残っている捜一の連中も僕に賛成する者はいません」

さっき松永が言っていた「捜査本部、そこに影響を及ぼしている道警本部や網走中央署にはなにかおかしな動き」があるという不審がようやく姿を現した。

「まさに孤軍奮闘ですね」

力なく松永はうなずいた。

「副本部長と管理官、ふたりの警視の方針を、警部補に過ぎない僕に覆《くつがえ》せるわけがありません。持論を展開するのだってヒヤヒヤものです。僕にはどうしようもないんですよ」

松永は肩を落とした。

真冬が階級を知らせたときの松永の態度を見てもわかるように、警部補と警視の差は限りなく離れている。警察組織は過剰なまでの階級社会である。一階級上の者に反論をすることですら、ふつうは許されない。まして、二階級も上の警視たちに、松永がなにを言っても無駄だ。ヘタすると、なんらかの処分を受けるおそれさえある。

「仙石管理官については、さっき《ひまわり食堂》で会った刑事たちもよくは言っていませんでしたね」

石頭と言って非難していた刑事もいた。

「あれは中央署の盗犯係の連中ですが、要するにあの人は頑固で下の者の言うことにあまり耳を傾けないのです。でも、この件、網走港の転落事故を調べるなという捜査指揮については、仙石管理官の性格云々の問題ではないような気がします。なにかわけのわからない力が働いているような気がするのです」

松永は眉間にしわを寄せた。

「わけのわからない力ですか……」

真冬は松永の言葉をなぞった。

「そうです。この捜査本部には奇妙な力が働いている。そう感じるのです」

言葉に力を込めて松永は言った。

「わたしは、初動捜査でサンカヨウの池の存在を知っていた市民を徹底的に洗うべきだとする所轄の意見を採り上げなかったことも、同じ文脈で解釈すべきではないかと考えます」

真冬のこころのなかでは確信に近いものとなっていた。

「たしかにふたつの捜査指揮を重ね合わせると、同じ匂いがしてきますね」

松永はうなずいた。

「わたしに網走行きを命じた明智審議官は『網走中央署に開設された捜査本部に不正疑惑があるという情報が入っている』とおっしゃっていました」

「僕以外にも誰かがこのおかしな状態に気づいて、どういうかたちでか警察庁にチクってくれたということですね」

「松永さんではないのですよね？」

こちらへ来て一ヶ月の松永ではなかろうが、真冬は念を押した。

「もちろんですよ。僕は一介の刑事です。警察庁に伝手《つて》なんてありませんよ。それにたとえば道警の首席監察官にチクるとしてもこれだけのことでは取り合ってくれるはずはありません」

「たしかにふたつの捜査に消極的というだけでは監察官は動きませんね」

松永が言うとおりだ。

監察官も忙しい。もっと明白な違法あるいは不適切行為がなければ動くはずはない。

「ここから先は僕の推測にすぎませんが……」

松永は身を乗り出した。

「なんでしょうか」

「管理官と網走署長は、この南条沙織さん殺害事件を迷宮入りに持っていきたいのでしょう。ふたつの捜査を嫌がっている、とすれば、そこに……」

「事件解決の大きなヒントが隠れていると言うことですね」

「ご明察です」

力づよい声で松永は答えた。

「松永さん、捜査すべきです。まずは、網走港転落事故と南条さんとの関わりを調べてみましょう」

真冬は自信に満ちた声で言った。

「ありがとうございます。網走港の件はどうしても調べたかったのです。でも、ひとりで調べていることが上にわかったら、どんな処分を受けるかとビクビクしていました。だけど、いまやこっちには警察庁がついてるんだ。矢でも鉄砲でももって来いって」

「あなたに処分なんて下させるもんですか。その点では安心してください」

きっぱりと真冬は言い切った。

松永は真冬の調査協力者である。どんなことをしても守らなければならない。また、守ることは難しくないだろう。

「まじめな話、僕には朝倉さんが神将に見えます」

松永は両手を合わせた。

「また、大げさなことを言って……まずは一月二八日の南条さんの行動を調べてみたいですね」

「ええ、とくに夕方の四時頃、どこにいたかを知りたいです。もしかすると、西防波堤近くにいたのかもしれない」

松永の声は弾んだ。

「明日もご一緒頂けますか?」

「もちろんです。鑑取りで捜査協力者と会うという名目でクルマを借ります。どこへでも行きますよ。朝ご飯が済んだ頃に《藻琴山ロッジ》にお迎えに上がります」

「ありがたいです」

明日も友作にヨンマルを出してもらうのは気が引けた。

「では、明日はとりあえずは、西防波堤近くと南条さんが当時の四時頃にいた場所に行ってみたいです」

「でも、どこで撮影していたかなんてわからないいんじゃないんですか」

「ちょっと待ってくださいね」

真冬はスマホを取り出した。

村上の名刺を取り出して携帯番号に掛けた。

去年の一月二七日から一週間の撮影行も網走市の仕事だ。村上が関わっていないはずはなかった。村上は「僕にできることがあればなんでもおっしゃってください」と言ってくれた。協力依頼をしても問題はないだろう。

「はい……」

タップすると、すぐに村上が不審そうな声で電話に出た。

名刺に書いた真冬の番号を登録してないからだろう。

「村上さん、昼間はどうもありがとうございました。ライターの朝倉です」

明るい声で真冬は名乗った。

「あ、朝倉さん、こんばんは」

一転して元気よく村上は答えた。

「夜分にすみません。ちょっとお力をお貸し頂きたいんです」

「あの事件のことでなにかわかったんですね」

村上の声が弾んだ。

「すみません、調べて頂きたいことがあります。昨年の一月二八日月曜日のことなんですが、村上さんは南条沙織さんの撮影に同行なさいましたか？　あとでお電話頂ければありがたいですが」

「いや、ちょっと待ってください。タイムテーブルつきの詳しい記録がすぐ出ますんで……。いったん切って掛け直します」

三分ほど待つと、着信があった。

「同行しています。朝から一緒に市内の何ヶ所かをご案内してます。流氷などを撮ってますね」

「夕方どこで撮影してましたか？　四時頃です」

「えーと、しおさい公園付近にいましたね」

「しおさい公園ですか……」

真冬が復唱すると、松永がさっとスマホを操作してマップを提示した。

西防波堤とはかなり離れている。

一キロくらいはありそうだ。

真冬はがっかりした。

これでは、南条沙織が転落事故と関係があるとは考えにくい。

「わかりました。明日、しおさい公園付近に行ってみようと思います」

「あの……どういうことでしょうか？」

不審そうな声で村上は尋ねた。

「実は、一月二八日の四時頃、網走港の西防波堤付近で転落事故があったんです」

真冬はゆっくりと話した。

「ああ、覚えてますよ。東京から来たアマチュアカメラマンの男性が亡くなったんでしたよね。西防波堤で写真を撮っていて足を滑らして、流氷の海に落っこちゃったんじゃないかっていう話でした。気の毒にねぇ。ああ、そうか。同じ日だったんですね。でも、騒ぎが起きたのは翌日でしたから、南条さんの撮影には影響はありませんでしたよ。あの事故がなにか？」

村上は不思議そうに訊いた。

「もしかすると、その事故現場の近くに南条さんがいらしたのではないかと思いまして」

「え？　どういうことですか？」

けげんな声で村上は訊いた。

「いえ、いまの時点でははっきりしたことは言えないのですが……」

真冬は煮え切らない説明をするしかなかった。

「はぁ……調査中というわけですか」

村上は不得要領な声を出した。

「明日は何時頃に行きますか」

「時間は決めていません」

「お昼頃でも大丈夫ですか？」

「ええ、大丈夫だと思います」

「明日は休みなので、おつきあいしますよ。ただ、午前中は用事が入ってるんです。どこへお迎えに上がればいいですか」

「あ、こちらもクルマを出してもらえるんで、現地待ち合わせで大丈夫です」

「わかりました。では、一二時前後にしおさい公園入口に行きます」

「すみません、お忙しいのに」

「いえいえ、お役に立てるのなら嬉しいです」

さわやかな声で村上は答えた。

「では、よろしくお願いします」

「わかりました。おやすみなさい」

電話を切った真冬はさっそく松永に伝えた。

「山川さんが亡くなった事故当日、網走市産業観光課の村上さんが南条さんと一緒にいたそうです。詳しい記録を残しているということです」

「それは助かりますね」

「ただ……南条さんは事故発生当時の四時頃は、しおさい公園付近で撮影していたとわかりました」

「しおさい公園じゃ離れてますね」

松永は浮かない顔になった。

「ええ、一キロくらいの距離があるんですね」

「事故とは直接の関係はないかもしれないですね」

冴えない声で松永は続けた。

「とはいえ、クルマならすぐです。南条さんの詳しい行動を調べてみなければ、結論は出せないと思います」

「たしかに、しおさい公園から離れていた時間もあるかもしれないですからね。山川さんが落水した時刻は正確にはわかっていないわけですから」

松永の顔がいくぶん明るくなった。

「まぁ、とにかく行ってみましょう。村上さんは一二時頃にしおさい公園の入口まで来てくださるそうです。南条さんの当日の行動を振り返れば、なにかがわかるかもしれません」

真冬は自分を励ます気持ちで言った。

「期待しましょう。なにせ事件解決への糸口があまりにも少ないんです。この方面に期待せざるを得ません」

「はい、せっかく浮かび上がった線ですから」

「では、明日は午前一〇時頃に《藻琴山ロッジ》までお迎えに上がります。まずは西防波堤の転落事故現場を見てみましょう。お昼にしおさい公園に行きます。午後の捜査については、明日の進展状況で考えてはいかがですか」

松永の提案に異存はなかった。

「ありがとうございます」

「では《藻琴山ロッジ》までお送りしますよ」

「よろしくお願いします」

松永はイグニッションキーをまわした。

3

五分くらいで右手にロッジの灯りが見えてきた。

時刻は九時半をまわっていたが、友作夫婦は起きているようだ。

ミニパトだったので、ちょっと気が引けた。

真冬は建物から少し離れたところでミニパトを停めてもらった。

何度かお礼を言って松永と別れると、真冬はイチイの木に向かってゆっくり歩き始めた。

そーっと玄関の引き戸を開けた。

エプロン姿の菜美子が宿堂から出てきた。

「おかえりなさい。ずいぶん遅かったのね」

菜美子は笑顔で出迎えてくれた。

「ただいま、起きてたんですね」

菜美子も友作も夜明け前から働くことが多いので、九時くらいにはパジャマ姿でいる日も少なくない。

「今日はほら、お客さん着くのが遅かったから。小倉さんって札幌のご夫婦で、お二人とももう七〇台かな。一〇年以上前から年に何回かは来てくださっているの」

「じゃあ、わたしより先輩ですね」

「そうねぇ、いちばん古い常連さんのほうかも。明日も泊まるんで、奥の斜里岳のお部屋に入ってもらってる」

斜里岳の部屋は、真冬が泊まっているイチイの部屋よりも広くて八畳くらいだ。が、窓からの眺めはイチイのほうが勝っている。

「おお、真冬ちゃん」

ライトグレーのスウェット姿の友作が、廊下の奥から現れた。

髪が濡れていて入浴セットを持っているので内湯から出てきたところのようだ。

「遅くなりました」

「おかえり。しかし、誰に送ってもらったんだ?」

「取材に協力してくれる人が出てきたの。松永さんって男性」

「へぇ、男か。やっぱり真冬ちゃん、モテるんだなぁ」

にやっと友作は笑った。

「やめてよ、そういうんじゃないんですよ」

真冬はあわてて否定した。

「よしなさいよ。真冬ちゃんだってお仕事なんだから。からかわないの」

菜美子はまじめな顔でたしなめた。

「冗談さ……でも、どこの人だ」

友作は不思議そうに訊いた。

道警捜査一課の刑事だとは答えにくい……。

「うーんと、役所の人」

ウソではない。警察も立派な役所だ。

「ああ、そうかぁ。役所も大変だな。一年も経つのにな」

とりあえず友作は納得したようである。

「明日も朝から網走市内に出かけます」

「お、送ってくぞ」

友作が身を乗り出した。

「松永さんが一〇時頃迎えに来てくれるの。お迎えも遠山さんにお願いしなくても大丈夫そう」

「ふぅん」

友作はまたまた不思議そうな顔になった。

「お昼は外で食べます。夕飯も無理かも」

明日の午後の予定は決まっていない。流動的になる可能性が高い。

「んじゃあさ、明日は肉中心にするから、夕飯食べられそうなら、四時くらいまでに電話入れてよ。それから作るから」

「悪いですよぉ。そんなの」

あまりに身勝手な気がした。

「いいんだよ。肉ならさぁ、明日食っても悪くならないから」

「いつもすみません」

真冬は頭を下げた。

「真冬ちゃん、お風呂入ってきなさいな」

菜美子が気を使ってくれた。

「はぁい、着替えてから露天に入ってきます」

「今夜のお客さんはもう寝ていらっしゃるから、のびのび入っていいわよ」

「嬉しい。ちょっと用事を済ませてから、ゆっくり入りますね」

「俺はもう寝るからよ。おやすみ」

「おやすみなさい」

真冬は部屋に戻って浴衣に着替えた。

このまま風呂に直行したいところだが、真冬にはまだ仕事が残っている。

今日一日の調査内容のレポートを作成しなければならない。

真冬はノートPCを引っ張り出すと、朝からのできごとを詳細に記述した。

明智審議官への第一報である。

さらに今日の捜査で気になった点について、東京で可能な補助捜査を依頼した。

真冬の配下には、今川真人《いまがわまさと》という調査官補が配置されている。今川は二五歳のキャリアで階級は警部である。今川は本庁にあって真冬の調査の補助をする立場の人間といえる。

今川警部には真冬が直接指示を出すこともできるが、今日のところは明智審議官に任せようと考えた。

明智審議官が必要と思えば、今川に対しても指示が出されることになっている。

また、明智審議官からの依頼によって警視庁刑事部が動いてくれることも決められていた。

午後一〇時前だ。役所にいるのか自宅かはわからないが、明智審議官はまだまだ仕事をしているはずだ。真冬はためらいなく送信した。

調査の方向を修正するような指示が出されないか、真冬には気がかりであった。

送信すると、一〇分くらい経って返信が来た。

――現在の方向で引き続き調査を続行するように。補助捜査の件については善処する。

簡単な答えだが、調査の方向性が正しいと感じて真冬はホッとした。

ひと息ついてＰＣをシャットダウンすると、真冬は風呂道具を手にして立ち上がった。

いよいよ風呂だ。

階下へ下りると、菜美子が食堂から出てきた。

まだなにかの仕事をしていたようだ。

「いちおう札出しとくね」

菜美子は「露天風呂入浴中」の札を出してくれた。

真冬は「天空の湯」に早足で向かった。

階段を上ってバスタオルをといて湯船に浸かる。

真冬の全身をやわらかい癒しが包んだ。

手足の先までのびやかなあたたかさが忍び寄る。

「うわーっ」

空を見上げた真冬は叫び声を上げた。

満月に近い月は西の空低く傾いていた。

オホーツクの空はどこもかしこも星だらけだった。

明るい月にも負けずに輝いている。

おおぐま、こぐま、アンドロメダ、カシオペア……そんな星座がひとつも発見できない。

青、白、金、赤。夜空は隅々まで星という星で埋め尽くされている。

気のせいか東の方向がぼーっと白く光っているような気がする。

まさかと思うが、これが星明かりというものなのか。

なめらかな湯のなかで、真冬はノマドの幸せをつくづく嚙みしめていた。

4

翌朝の食卓は真冬ひとりで席に着いた。

もうひと組の老夫婦は真冬が食事を終える九時からを頼んでいた。

テーブルにはどんとウニ丼が置かれた。

くちなし色のプリプリにはりつめたウニがご飯の上にぎっちり載っている。

まずは醬油も掛けずに箸を伸ばした。

「美味《うま》っ」

自分でもはしたないと思う声が出た。

甘い。嚙みきるときの独特の歯ごたえ、表面がやや堅めで中身がジューシーなのがたまらない。採れてから時間の経ったウニではこうはいかない。

もちろん臭みなどは少しも感じない。かたちを保つためのミョウバンなどは入っていない。

友作が殻から剝いてくれたウニなのである。

ほんのり海の匂いと塩味が口のなかにひろがる。

「エゾバフンウニ。いまがいちばん美味い季節だからなぁ」

友作がテーブルのそばでウロウロと歩き回っている。

真冬の反応が楽しみなので離れられないのだ。

菜美子に叱られてもやめようとしない。

味噌汁は菜美子が作ったシジミの赤ダシだった。

シジミは網走湖の名産なのだ。

旨味たっぷりで幸福が身体にしみ通ってゆく。

「あ、そうだ、写真……」

真冬はようやく気づいた。

だが、すでにウニ丼は食べ散らかした状態だった。

「写真撮るなら、きれいなヤツ持ってくるよ」

つぶやいた友作は厨房から新しいウニ丼をひとつ持って来た。

「俺の朝飯だ。今日はあんまりいいウニだったから俺たちの分も買ってきたんだ」

「わたしのほうがウニの量がずいぶん多いんですね」

同じく新鮮なウニだが、半分ほどの量しか載っていなかった。

「真冬ちゃんのは特別大サービスだ」

にっと友作は笑った。

「ありがとう。撮っちゃいますね」

ちょっと胸を詰まらせて真冬はスマホを取り出してウニ丼を写真に収めた。

大満足の二度目の朝食を真冬は終えた。

朝風呂には入ったので、二階へ戻って事件のことをつらつら考えていた。

明智審議官からのメールは入ってこなかった。

友作は地元の会合があるとかで出かけていた。

一〇時ちょっと前にスマホが着信した。

松永が迎えに来てくれたのだ。

「いま、宿の前まで来ています」

外出着に着替えて、デイパックを背負うと真冬は建物の外へ出た。

黒いデイパックは一八リットルも入るのに折りたたみ式で、中型ザックのなかにも忍び込ませやすく便利だった。そのわりにはハーネスもしっかりしていてお気に入りだ。

ほんとうはフォレストグリーンかネイビーがよかったが、ラインナップにはなかった。

今朝もオホーツクWブルーのひろがるよい天気だった。

海から吹いてくる風が頬にここちよい。

「あちゃー」

今朝もミニパトでのお出迎えだった。

真冬の姿を見て、ワイシャツ姿の松永が運手席から降りてきて頭を下げた。

「おはようございます」

「よろしくお願いします」

「これしか借りられなかったんです」

松永はすまなそうに肩をすぼめた。

「あら、警察の方なの？」

いつの間にか菜美子が出てきて不思議そうに訊いた。

「協力してくださっている松永さん」

ちょっと動揺しつつも、真冬は掌を差し伸べて紹介した。

「あ、お世話になっております。道警本部の松永と言います」

松永は姿勢を正して堂々とあいさつをした。

「どうしてまた……」

腑《ふ》に落ちぬと菜美子の顔に書いてある。

「松永さんが、わたしの調べてる事件に興味があるんですって」

「へぇ、警察の方がねぇ」

納得したようには見えない菜美子の顔だった。

「じゃあ、菜美子おかあさん、行ってきます」

菜美子に本当の目的を伝えられず、真冬の胸はチクリと痛んだ。だが、これが自分の仕事なのだ。

「気をつけてね。夕飯うちで食べるときは四時までに電話ちょうだい」

「わかってまぁす」

真冬が助手席に乗り込むと、すぐにミニパトは砂利を巻き上げて走り始めた。

「なんだか素敵な女将さんですね」

道道に入ると、松永がしみじみとした声で言った。

「そう、わたしの網走のおかあさんなんです」

「朝倉さんが五歳くらい若く感じましたよ」

「学生時代に気分が戻っちゃうのかもしれません」

クルマは藻琴山の山腹を快調に下って東藻琴の町中を通り、網走市のはずれの畑作地帯を通り過ぎてゆく。

網走の市街地に入ったミニパトは何回か直角に曲がった。やがて網走と旭川を結ぶ国道三九号に入って網走橋で網走川を越えた。

車窓の左手には道の駅の《流氷街道網走》が見えている。

橋を渡って最初の道を右折すると、すぐに《モヨロ貝塚》という看板が立ったこんもりとした森が現れた。森を過ぎると歩道橋があって、左手の高台には濃いグレーの壁の建物が現れた。

「これが、山川さんが最後に立ち寄ったモヨロ貝塚館です」

松永はかるく指差した。

貝塚館を過ぎると、右手にぐっと網走川が迫ってきて数艘《そう》の小型船が舫ってある。

T字路となっている道路の突き当たりが現れた。

正面には白くてきれいな四段の階段と低い石積みの塀が伸びている。

その向こうに素敵なコントラストで青いオホーツク海がひろがっていた。

突き当たりを右に曲がって、右手の水産関係の倉庫と低層マンションを過ぎると二〇〇メートルほどで道路は終わっていた。

終端部分には立入禁止のゲートが立ちはだかっていた。

グレーに塗られ、施錠された鉄扉には「転落事故多発　立入禁止」だの「危険につき立入禁止」といった赤白の文字で書かれた警告表示がいくつも設置されている。

松永は右手の砂利の広場にミニパトを乗り入れた。

広場には何台かの駐車車両に交じって交番のものらしき白いスクーターが一台停まっていた。

なにか事件でもあったのだろうか。

「さぁ、現場に行ってみましょう」

松永の言葉に従って、真冬はミニパトを降りた。

ゲートには忍び返しのように尖った杭《くい》のようなものが並んでいる。越えるのはなかなか大変そうだ。

「左手の砂浜から行きます」

事前に調べておいたのだろうか。松永は左手の塀に設けられた白い手すりの階段へ向かって歩き始めた。

階段を下り砂浜へ降り立ったときのことである。

「おい、ダメだよ。ここは立入禁止だろう」

居丈高な声が響いた。

ライトブルーのシャツに防刃ベストを身につけた制服警官が砂を蹴立てて走ってくる。

「おや、先客がいたか」

松永はぼそりとつぶやいた。

制服警官は一メートルくらいの距離まで近づいて腕組みをして仁王立ちになった。

「あんたたち、なにしに入ってきたんだ」

五〇代くらいの四角い顔の制服警官は真冬たちをじろりとにらんだ。

胸の階級章を見ると巡査長だ。

「仕事だよ」

松永はつっけんどんに答えた。

「立入禁止区域だ。なんの仕事だってんだよ。あん？」

制服警官は憎々しげにあごを突き出した。

「市民に対する態度が芳《かんば》しくないね」

松永は上から目線でのたまった。

自分だって初対面の真冬に対しては決して芳しくない態度をとったくせに……。

真冬は思わず笑ってしまった。

「おい、姉ちゃん。なに笑ってんだ」

制服警官は尖った声を出した。

「姉ちゃんという言葉はセクハラに当たりますよ」

やんわりと真冬は諭した。

「なんだと！」

眉を吊り上げて制服警官は気色ばんだ。

「そのくらいにしとけ」

松永はぼそりと言って、ポケットから警察手帳を取り出して制服警官に見せた。

「え……」

制服警官は絶句した。

「道警本部の松永だ。捜査でこの区域に立ち入る」

松永は警察手帳を制服警官の目の前にしっかりと提示した。

制服警官の目が大きく見開かれた。

見る見る顔色が悪くなった。

「失礼しましたっ」

一歩後ろへ飛び退いて、制服警官は挙手の礼をした。

「自分は北六条《きたろくじょう》交番の木村《きむら》です」

「階級は巡査長だね」

松永は尊大な調子で念を押した。

「はい、そうです。申し訳ありませんでした」

木村巡査長はちいさくなって答えた。

二階級上の松永は木村にとっては本署の係長たちの地位に当たる。

松永は先月から網走署の捜査本部にいるが、もともと道警本部所属だ。交番勤務の木村が顔を知らないのはあたりまえだろう。

「まぁ、いいよ」

鷹揚に言って、松永は警察手帳をポケットにしまった。

「それでこちらの女性は？」

けげんな顔を木村は真冬に向けた。

「捜査協力者だよ」

質問を許さぬ松永の答えだった。

「はぁ、ご苦労さまです」

木村はあいまいな顔でうなずいた。

「あのさ、この区域の担当だよね？」

松永は木村を見据えて尋ねた。

「はい、管轄区域です。この堤防にはよく釣り人がフェンスを越えて入るのでパトロールしておりました」

しゃちほこばって木村は答えた。

「去年の冬に、ここで転落事故死があったでしょ。東京から来てた会社員の。そのときのこと覚えてるよね？」

「はい、もちろんです。いや、そりゃ大騒ぎになりましたから」

「木村巡査長はどんな役割を？」

「第一報が一一〇番通報でしたので、すぐに本署から鑑識やら強行犯が駆けつけたのでとくに大きく動く必要はなかったです。本部からは機捜や検視官まで来ましたし
……自分は交通整理がおもなつとめでした」

木村は頭を掻いた。

「じゃあ、最初は事件と事故の両方が視野に入っていたんだな？」

「ええ、本署は慎重に調べたと思いますよ。検視官の判断が重く見られて事故と決まりました。外傷もなかったんですよ。とくに目撃者も出てこなかったですし」

「地域課でも事故を疑うような者はいなかったのかな」

「もちろんですよ。かつては帽子岩に続くこの西防波堤からの転落事故が何件も発生しています。ほとんどが釣り人でした。なので、うちの地域課は慣れっこなんですよ」

木村は東の方向を指差した。

数百メートル先に帽子を被せたような形状の島と呼べるような大きな岩礁があった。帽子岩に向けて西防波堤がほぼまっすぐに延びている。

「もっとも、二〇〇七年にそのゲートができてからは、事故はすっかりなくなりましたけどね。まぁ、冬場は別として我々も随時巡回しておりますしね」

木村はちょっと胸を張った。

ご苦労なことだが、もう少し市民に対する態度をやわらかくできないものか。先ほどの対応はあまり感心できたものではなかった。

「事件のときに、なにか気になることはなかったかな?」

松永は重ねて問うた。

ちょっと考えていた木村は、思い出したように口を開いた。

「そういや、たいしたことじゃないんですけど……」

「なんでもいい。気になったことがあったら話してくれ」

気ぜわしく松永は促した。

「二日くらい経ってからでしょうか、このあたりで写真を撮っている女性がいましたんで、警告したんですよ」

「いまみたいに？」

ちょっと意地悪かなと思ったが、真冬はそんな質問をした。

「はぁ……まぁ……その……」

うたろたえて木村は言葉を途切れさせた。

「で、その女性は何者だったんだ？」

松永が問いを重ねた。

「札幌通信という月刊誌の記者だと名乗ってましたな。立派なカメラを持ってたんで間違いないでしょう」

真冬と松永は顔を見合わせた。

「もしかして、この人じゃないかな？」

松永はスマホを取り出してタップし、南条沙織の顔写真をディスプレイに映し出すと、ゆっくりと木村に向けた。

「ああ、この人だと思います。けっこう美人でしたよ」

木村ははっきりとうなずいた。

「やはり……そうか……」

松永はつぶやくように言って質問を続けた。

「この女性からなにか質問は受けなかったかな」

「いや、質問されました。事故死と断定されているのか、事故死で間違いないのか、そのことばかりをしつこく聞いてましたね。すでに報道されていたのに……だいいち聞きたいことがあるなら、本署に行けばいいんですよ。交番の者に聞かれてもねぇ」

木村は嘆くように言った。

ふたたび真冬と松永は顔を見合わせた。

南条沙織が山川賢三の転落事故に大きな関心を持っていたことが明らかになった。

「実際に転落した場所と漂着場所を教えてもらえないかな」

松永の言葉に木村は大きくうなずいた。

「漂着場所はすぐそこです。ここから一〇メートルくらいのあのあたりです」

木村は、帽子岩と反対のもと来た方向の砂浜を指差した。

「あのあたりか……」

陽差しに目を細めて、松永は漂着地点を眺めた。

オホーツクの波が洗っている特に変化のない砂浜だった。

「漂着当時は流氷接岸日の直前で、流氷が岸から二〇メートルくらいまで迫っていました。正確なことはわからんですが、遺体は氷のない海水の部分、いわゆる沿岸水路に浮かんで転落場所からあそこまで流れていったようです」

真冬は流氷と砂浜の間の青い海を、うつ伏せになってぷかぷかと流れてゆく男の姿を想像してゾッとした。

「じゃあ、転落予想地点を教えてくれ」

「わかりました。ご案内します」

松永の言葉に、木村は先に立って歩き始めた。

砂浜の右手は西防波堤の始まりとなっている。

このあたりは砂浜が続いていてまだテトラポッドは現れていない。

しばらく進むと、堤防の法面《のりめん》が崩れている場所があった。

「ここから上がります。足もとには気をつけてください」

崩れたコンクリートに足を取られないようにして法面を上ると、アスファルト舗装された幅二メートル弱の狭い通路に立つことができた。

正面遠くには帽子岩がそびえ立っている。

「帽子岩って迫力ありますね」

真冬の言葉に木村は我が意を得たようにうなずいた。

「高さ四〇メートル、周囲は数百メートルあります。網走のランドマークであり、シンボルでもありますね。アイヌ語では『カムイ・ワタラ』つまり神の岩と呼ばれて聖地でもありました。アイヌの人々は流氷明けに海獣の猟に出る前にこの岩の上で神事を行い、神に猟の安全を祈ったそうです。さらにこの岩は網走の語源という説が根強いです」

管轄区域のことだからか、木村の説明は詳しかった。

「網走とはどういう意味なのですが？」

「国土交通省などは『ア・パ・シリ』つまり『我らが・見つけた・土地』あるいは『アパ・シリ』すなわち『入口の・地』という説を採っているようです。しかし、網走市はこれらに加えて『チパ・シリ』すなわち『幣場《ぬさば》のある島』という説も紹介しています。さっき言いましたが、ここはアイヌの聖地で、頂上部分には木で作った御幣《ごへい》を立てて祀《まつ》ったそうなのです」

「岩の向こう側にはケーソンドックがあるんだよな」

松永が昨日言っていた話だ。

「はい、それに太平洋戦争時のトーチカも残されています。釣り人以外にもまれには戦跡マニアも訪れるので、注意は怠れません」

木村は渋い顔で答えた。

アスファルト舗装された通路の右は網走川が続いている。対岸に見える《流氷街道網走》のあたりでは左手の砂浜は終わり、テトラポッドをオホーツクの波が洗っている。

さらにしばらく進んだあたりで木村は立ち止まった。

木村はちょっとの間、対岸の建物で現在位置を確かめた後でテトラポッドを指差した。

「ちょうどこのあたりです」

松永は身軽に路面とあまり高さの変わらないテトラポッドに飛び移った。

転ばないように気をつけて、真冬もテトラポッドに乗った。

隙間から波音が響いてきて、足もとがスースーする。

あとから木村もテトラポッドに乗ってきた。

振り返ると対岸の建物が見える。

ここは死角にはならないようだ。

「ここに三脚や荷物が転がっていたのだな」

松永の問いに木村はすぐ先のテトラポッド上でまるく弧を描いた。

「はい、このあたりに点在していました。カメラやレンズもありました」

「荷物はそろっていたのか」

「ただ、スマホ類は見つかりませんでした。落水時ポケットに入っていて海に落ちたものと推察されました」

「海面が意外と近いですね」

真冬は転落という言葉から数メートルの高低差を予想していたのだ。

「今日は一二時半頃が満潮ですからね。当日は海面までの高低差はもっとあったと思いますよ」

松永がテトラポッドを少し下ったので、真冬も注意深く足を動かした。

そこまで下ると、たしかに背後に建物は見えず、対岸からは死角になる。

三人はふたたび、通路に戻った。

「あの、聞いていいですか？」

真冬は遠慮がちに訊いた。

「はい、なんなりと」

満面の笑顔で木村は答えた。

「しおさい公園ってどこですか?」

「は……しおさい公園ですか……」

木村は網走川のほうへと向き直って前方の一点を指差した。

「あそこです。あの緑の丘の左端あたりの平たいところです」

左岸の《流氷街道網走》の後方には網走市街が続いている。

市街の背後には切り立った緑の崖が左右に延びていた。おそらくは海岸段丘だろう。

その段丘のいちばん左手あたりである。

「遠いですね」

真冬は力なく答えた。

一キロ弱の距離は思ったよりも遠かった。

しおさい公園には人の姿があったが、豆粒のようにしか見えない。

「そろそろ引き上げますか」

松永が促した。

「はい、移動しましょう」

真冬たちはふたたび砂浜に降り、クルマへと戻っていった。

「捜査の都合上だけど、今日、俺たちがここに来たことは本署には黙っておけ」

ミニパトの前で松永は木村につよい調子で命じた。

「了解です」

真剣な顔で木村は答えた。

二人はミニパトに乗り込んで、モヨロ貝塚館の方向に走り始めた。

木村はスクーターのかたわらで真冬たちを見送ってくれた。

「現場には、とくにヒントになることはなかったですね……」

ステアリングを握りながら松永がつぶやくように言った。

「そうですね、思っていたより海面が近くて意外でした」

「干潮のせいもあるでしょう。ただ、冬場ですからね。あの高さでも足を滑らせればドボンでしょう」

「あ、想像したら怖くなりました」

自分もそうしたミスはやりかねない。

松永は笑いながら、話題を変えた。

「まぁ、あの木村巡査長から南条さんが事件に関心を持っていたことを聞き出せたのは予想外の収穫でしたね」

「ええ、ここで起きた事故と、南条さんにはなんらかのつながりがありますね」

「被害者の山川さんと南条さんとの関係を調べる必要がありそうですね」

松永は思案深げに言った。

「その点については、すでに手配してあります」

真冬はさらりと伝えた。

明智審議官からは善処するとの返答をもらっている。

いまごろは今川が走り回ってくれているはずだ。

「えっ、そうなんですか」

驚きの声が返ってきた。

「東京のわたしの部下が動いてくれるはずです」

「でも、いつの間に……」

「昨日、松永さんから山川さんの事故のことを聞いたときにも予想していましたから」

「なんて勘のいい人なんだ」

松永はうなり声を出した。

「それから、わたし面と向かっている人のこころの痛みがわかるんです」

「え……どういうことですか」

「昨日喫茶店で松永さんからお話を伺ったときにもわかりました。ああ、この人苦しんでるんだなぁって」

「そんな……ほんとうですか？」

信じられないという松永の声だった。

「松永さんは捜査本部の問題点で孤軍奮闘なさっていることに悩んでいたんですよね。だからこそ今回のわたしの任務についてお話ししたんです」

「ちょっと不思議だったんです。わたしのような末端の者に話してくださるなんて……」

松永はまじめな口調で言った。

耳の痛みについて真冬は誰にも話したことはない。話せば笑われるか、おかしな人間扱いされると思っているからだ。親代わりの祖母ですら知らない真冬だけの秘密だった。

「直感で、松永さんが信頼できる人だと感じたんです」

真冬は適当な言葉でごまかした。

「刑事にいちばん必要なのはそういう勘のよさだと思います。どうです？　道警《うち》の刑事になってみては？」

気楽な声で松永は冗談を口にした。

キャリアが道警本部の刑事部に異動するとしたら、刑事部長が妥当なところだろう。四〇代くらいで警視正に出世していなければならない。

「無理ですよ。わたし松永さんみたいにコワモテできませんから」

真冬はふざけて言ってみた。

「もういじめないでくださいよ」

冗談交じりに松永は弱った声を出した。

そんな話をしているうちに、ミニパトは海岸段丘を登り始めた。

途中で左に曲がると両脇には公共施設らしき建物があった。

「左は気象台ですね」

「ええ、ここは国有地らしく左は網走地方気象台です。右の青い三角屋根は網走簡易裁判所です。しおさい公園はもうすぐですよ」

松永の言葉どおり、左手にそれほど大きくない公園が現れた。

「ここには駐車場がないんでね……」

言い訳するように言って、松永は公園のはずれの路肩にミニパトを乗り上げた。

5

車外へ出た真冬たちは、公園の入口に向かって歩き始めた。

まわりの木々からはセミの鳴き声も聞こえてくる。

あまり聞き慣れないギィーギィーという鳴き声だった。

入口から足を踏み入れてみると、敷地はとても細長い。

長い屋根のあずまやを通り過ぎると視界が開けた。

「眺めいいですねぇ」

眼下には網走の市街地がひろがり、その向こうには網走港が望める。

さらに遠景はオホーツクWブルーだ。

海から吹いてくる風が心地よく頰をなでる。

「僕も初めて来たんですが、ここは市内でも眺めのよい場所のひとつだと聞いています」

松永も景色に見惚れている。

「うーん、気持ちいい」

真冬は両腕を天に上げてノビをした。

港の左手には帽子岩と西防波堤も望める。

岩の右手にはケーソンドックらしき施設も見え、クレーン車が動いている。

だが、やはり遠い。

黄色いクレーン車が爪の先ほどにしか見えない。

セミの鳴き声は公園の周囲に植えられた木々から喧《やかま》しく響いている。

オーギィー、オーギィーというような声だ。

「不思議な声のセミですね……」

真冬は隣に立つ松永に声を掛けた。

「エゾハルゼミです。いまごろまではよく鳴きますね。市街地にはあまりいないのですが……」

背後からソフトな声で返事があった。

「村上さん」

振り返ると大きな黒いザックを背負った村上がほほえんでいた。

レーシンググリーンの半袖シャツとクラッシャブルなデニムがよく似合っていて、

ワイシャツ姿よりずっとかっこよかった。

一瞬、真冬はドキッとした。

「遅くなりました」

村上は二人に向かって頭を下げた。

「ご協力に感謝します。道警本部の松永です」

松永は丁重に頭を下げた。

「ご苦労さまです。網走市産業観光課の村上です」

村上も負けずにていねいなあいさつを返した。

「松永さんは、捜査一課の刑事さんで、南条さんの事件の捜査をしていらっしゃるんです。わたしとはひょんなことで知り合って……」

真冬の紹介を松永はさえぎって早口に言った。

「はい、朝倉さんには捜査協力者になって頂いているというわけです」

引きつった笑いを松永は浮かべた。知り合ったきっかけは知られたくないはずだ。

「捜査一課というとエリートですね」

村上は感心したような声を出した。

「いやまぁ、それほどでも……それにしてもすごい荷物ですね」

松永は急に話題を転じた。

大きな黒いザックの横にはストラップで太い三脚も固定してあった。

さらに村上はシルバーのキャリーケースをガラガラと引いてきていた。

「カメラ類です。夜明け前から矢野さんたちと能取岬付近でアザラシを撮影していたんですよ。高価な機材なのでクルマの中に置いておくのも不安ですから」

さわやかに村上は笑った。

「えーっ、アザラシって、あのアザラシですか」

真冬の言葉に松永が失笑した。

恥ずかしくて真冬の頬は熱くなった。

「はい、あのアザラシです。アイヌの言葉ではトッカリと言います。網走市には五種類のアザラシが棲息していて、とくに多いのはゼニガタアザラシとゴマフアザラシです。流氷の来る前の一二月頃と去った後の四月頃が撮りやすいんです。夏場はあまり見えるところにいないんですが、今日はいい感じに撮れました」

村上は嬉しそうに笑った。

その混じりけのない笑顔に、真冬はまたもドキドキした。

おかしい。この胸の高鳴りはなんだろう。

「南条さんが撮影場所に選んだだけあってこの公園も眺めがいいですね」

真冬はさりげなく質問をした。

「眼下に見えるのが明治時代に開拓が始まった旧市街です。市役所、警察署、税務署などは皆この旧市街に並んでいます。海抜は数メートルくらいですね。海岸段丘の上にひろがっているこの高台は比較的最近開発された地域で新市街といえます。海抜は二、三〇メートルはあります。新しい住宅地やショッピングモールなどは新市街にひろがっています。網走川の河口近くにある網走港は、宮城県の鮎川《あゆかわ》、和歌山県の太地《たいじ》、南房総の和田《わだ》と並んで日本の沿岸小型捕鯨基地となっています」

「この海にクジラが泳いでいるんですか！」

驚きの声を上げて真冬は海に視線を移した。

もちろん、いまクジラの姿が見えるわけではなかった。

「はい、そうです。一九八二年に国際捕鯨委員会がモラトリアム、つまり商業捕鯨一時停止措置を決議したために、約三〇年ほどはその規制に引っかからないツチクジラを穫っていました。昨年六月末に日本が国際捕鯨委員会を脱退したので、ミンククジラなどの商業捕鯨が再開しました。世界中で賛否も多い商業捕鯨ですが、網走市はもちろん好意的な意見の人が多いです。わたしは考えを決めかねています」

この問題はいろいろと難しい側面が多い。

真冬自身もどう考えてよいかわからなかった。

「え？　クジラって美味しいいし、日本固有の捕鯨の歴史もあるじゃないですか」

松永は口を尖らせた。

「あはは、僕もクジラ料理が大好きです。ユッケ、網焼きレア、竜田揚げ、みんな最高に美味しいですよね」

子どもっぽく笑う村上の顔がとてもまぶしく見えた。

「あの、朝倉さん。お写真撮らせて頂いてもいいでしょうか」

村上は口もとに笑みを浮かべて尋ねた。

「あ、はいっ」

反射的に真冬は返事をしてしまった。

にこやかにうなずいた村上は、肩から提げていた小型一眼ミラーレスカメラを真冬に向けた。被写体に対する愛を少しでも表現したいと願いながらシャッターを切ると言っていた言葉が真冬の脳裏をよぎった。

村上は立て続けにシャッターを切った。

軽めのシャッター音が響いた。

「ありがとうございます。いい記念になります」

ほほえみを浮かべながら村上は頭を下げた。

「いえ……」

ドギマギしながら真冬は答えた。

真冬の胸の高鳴りが大きくなった。

「昨年一月二八日の南条沙織さんの行動を知りたいんです。村上さんはご一緒だったと伺ったもので」

松永は静かに質問を開始した。

そうだった。ぼーっとしている場合ではない。

村上から引き出せる情報は引き出さなければならない。

「あずまやのベンチでお話ししませんか」

「そうしましょう」

松永がうなずいた。

6

真冬たち三人は緑色の三角屋根の下の茶色い木のベンチに並んで座った。

「お茶どうですか？」

村上はザックをかたわらに置き、そのポケットから取り出したペットボトルをベンチの上に並べた。

「ああ、すみません」

「いただきます」

のどを冷たいお茶が通り抜ける感触は心地よかった。

太陽は天頂に近い位置にある。湿度は低くともさすがに少し暑くなっていた。

村上の好意はとてもありがたかった。

「その頃、昨年一月末、村上さんはお忙しかったんですか？」

松永は質問を続行した。

「あ、ちょっとお待ちくださいね」

村上はスマホを取り出してスケジュールを確認してから口を開いた。

「昨年の一月終わりから二月頭に掛けては大変に忙しかったのです。一月二三日の木曜から二七日の月曜まで和久宗之先生が網走市と斜里町に滞在なさっていて氷上の動物写真を撮っていらっしゃいました。僕も二五日と二六日の土日はおつきあいし、二七日には空港までお送りしました。八時過ぎの羽田行き最終便です」

「和久先生とはどんな人なんですか？」

　松永が訊いた。

「ああ、日本でも有名な風景写真の大家です。国際的な賞をいくつもお獲りになっているんですが、当市のご出身で網走市はずいぶんとお世話になっているのです」

「写真家の名前などはよく知らないもので……」

　照れ笑いを松永は浮かべた。

　知らなくても無理はない。真冬だって、前田真三《まえだしんぞう》、白旗史朗《しらはたしろう》など記念館を訪ねた写真家の名前しか知らない。

「そうなると、ふたりの写真家が同時に網走にいたということになりますね」

　松永はまじめな顔に戻って問いを続けた。

「ああ、でもそのときはお二人は会っていませんよ。南条さんは一九時半頃の到着便で来網されたのですが、和久先生をお送りする時間と完全に重なりました。空港内の

《PILICA》というカフェレストランで待っていて頂いて八時過ぎにお迎えに上がったのです。それで駅前のホテルまでお送りしました。八時半過ぎにはチェックインできたかな」

「入れ違いというわけですね。翌日はどんな行動をなさったのですか？」

「あの日、二八日は九時にホテルまでお迎えに上がりました。とても天気のよい日でしたね。午前中はおもに能取岬の流氷とアザラシの撮影に費やしました。駅前の《エストレージャ》でランチしてから、午後は二ツ岩付近の撮影に行きました。二ツ岩背後の大地に絵になるエゾヒガンザクラの老木があるんです。荒れ狂う風雪に痛めつけられて矮小化しているんですが、それがまたいいんだ。背景に斜里岳を入れると最高にいい絵が撮れます。夕陽をどこで撮るかという話になったんで、僕がこのしおさい公園にご案内しました。ここから網走港と帽子岩を前景に夕陽を撮るとこれまた素晴らしいんです。いろいろな写真家が撮っている風景です。流氷の接岸直前のほうが海面が複雑になりますから、おもしろい絵面になります。その意味で、ここからの夕陽の撮影には最適の日でした」

「何時くらいにここへ着きましたか」

「そうですね、三時頃でしょうか」

「この公園を離れたのは何時くらいでしたか？」

「夕陽が沈んでしばらくしてからですから四時四〇分頃です」

「その後はどうしましたか？」

松永は畳みかけるように訊いた。

「市内へ戻ってクルマを駐車場に入れて、駅から一〇分くらいの《弥吉《やきち》》という居酒屋で飲みました。ここは海鮮全般が美味しいんですが、クジラ料理も食べられるんですよ。南条さんは捕鯨には反対の立場でしたのでお勧めしませんでしたが」

村上はちょっと淋しそうな顔になった。

南条沙織と楽しく飲んだ冬の夜を思い出したのだろうか。

胸の奥に焦げ臭いものを感じて真冬はうろたえた。

この感情の変化にはとまどうしかなかった。

「では、三時から四時四〇分くらいまでの間はこの公園を離れなかったのですね」

「寒くて仕方がなくなったときに、公園の前に停めておいたクルマに戻って暖をとりましたが、あとはずっと公園内にいましたよ」

「その後も、網走港西堤防付近には行ってないのですね」

松永は念を押した。

「はい、行っていません」

村上はきっぱりと答えた。

「実は先ほど、我々は網走港西堤防に行ってきました。山川賢三さんという方が転落死した現場を確認してきたのです。その際に近くの交番の警察官から、事故から四日ほど後に南条沙織さんと思われる女性と会った事実を聞き出しました。南条さんは現場の写真を撮っており、声を掛けた警察官に『事故死と断定されているのか、事故死で間違いないのか』としつこく聞いていたそうです」

松永の言葉に村上の表情がはっきりと変わった。

「なんですって……」

村上はかすれた声で言った。

「南条さんと山川さんはお知り合いだったのですか？」

松永の問いに村上は首を横に振った。

「僕はそのときには二月一日と二日の土日にも彼女に会っています。一日は撮影のおつきあい。二日は東京に帰る南条さんを空港に送っていったのです。一日の時点では山川さんの事故は派手に報道されていました。僕は知らない人でしたが、アマチュアカメラマンということで、南条さんに『知っている方なんですか』と尋ねましたが、彼女は『名前も知らない人』とはっきりと否定していました。そのときの彼女がウソを吐《つ》いているようには見えませんでした。ただ……」

村上は眉根を寄せた。

「ただ、なんですか？」

「思い返してみると、その質問をしたときに南条さんは緊張していたように思うのです。ああ、少し震えていた……」

「どういうことですか？」

「さぁ、わかりません……なにせ一年半近く前のことなのではっきりとは……」

村上は言葉を濁した。

「村上さんと南条さんは、転落推定時刻の四時頃にはこのしおさい公園にいたわけですが、その時刻にはなにをしていましたか？」

真冬が質問を代わった。

「もちろん写真を撮っていました」

「帽子岩方向をですよね？」

「ええ、そうです。狙っていた方向はほぼそちらだけですから」

「写真を撮っているときに、南条さんのようすに変わったことはありませんでしたか」

真冬は村上の目を見つめながら訊いた。

「そう言えば、途中でなにかひどく取り乱していたような気がします。動揺を隠そうとしていたような」

「いったい、どうしてですか？」

「わかりません。この公園はほかに誰もいなかったし、とくに彼女が動揺するような原因は思い当たらないですね……」

村上は覚束なげに言った。

しばらく沈黙が漂った。

「撮影時に三脚は立てていましたか？」

真冬はなんの気なく訊いた。

「はい、夕景の撮影なので、シャッタースピードが遅くなります。手ブレを防ぐために三脚は必須となります」

「スマホとかは三脚なんて使わなくても夕景も夜景も撮れますよね？」

真冬は不思議に思って尋ねた。

「ああ、風景写真の撮影ではきめ細かい写真を撮るためにＩＳＯ感度をできるだけ下げます。また、そのときの撮影では長玉《ながたま》を使っていたのですごくブレやすくなるのです」

「長玉ってなんですか？」

「焦点距離の長い望遠レンズです」

真冬の頭のなかでなにかが弾けた。

あるいは事件の根本に一歩近づけたのではないか。

「あの……当日、南条さんが使っていたカメラやレンズの雰囲気っていまお手持ちの機材で再現できますか？」

真冬はつかんだヒントを実験してみたかった。

「え……再現ですか。まったく同じというわけにはいきませんが」

「お手数で恐縮ですが、再現して頂けないでしょうか」

真冬はていねいに頼んだ。

「それはお安いご用ですよ」

村上は立ち上がると、かたわらのカメラバッグのジッパーを開いた。

内部は黒いウレタンでいくつも仕切ってあって、カメラやレンズ、あるいは黒い樹脂のソフトケースなどが行儀よく並んでいた。

村上は大きくて重そうな一眼レフカメラを取り出してベンチの上に置いた。

「ごっついカメラですね」

松永が鼻から息を吐いた。

「これはキヤノンのＥＯＳ－１Ｄ　ＭａｒｋⅢというカメラです。まぁ、プロユースですね。南条さんも同じカメラですよ」

ちょっと誇らしげに村上は言った。

「いくらくらいするんですか？」

「実売で八〇万円前後でしょうか？」

さらっと村上は言った。

「なんだって！」

松永が度を失ったような声を出した。

真冬ももちろん驚いた。

「高いのはボディよりもレンズです」

村上はキャリーケースを開けてなかからシルバーの大きな樹脂ケースを取り出した。

樹脂ケースを開けるととんでもないモノが現れた。

白い鏡筒の馬鹿でかいレンズである。

小型の大砲かと見まごうばかりの大きさだった。

「それ、レンズなんですよね」

あたりまえのことを訊かねばならないほど、そのレンズは大きかった。

「キヤノンのＥＦ８００ミリ単焦点レンズです。四・五キロありますので取扱注意です。落としでもしたらレンズより先にこころが割れます」

冗談っぽく村上が言った。

「訊きたくないけど、それはいくらくらいするんですか？」

松永が目を見張りながら訊いた。

「だいたい一五〇万円台ですね」

意にも介さずに村上は答えた。

「じゃ両方で、二三〇万を超えるのか……俺が乗ってるクルマより高い……」

松永は言葉を失った。

「でも、野鳥とか野生動物を撮るときには必須ですよ。午前中のアザラシもこれで撮ったんですよ」

村上は平気な顔で答えた。

「あの……村上さんの奥さん、よく文句言わないですね。うちなら俺がそんなの買ったら、確実にかあちゃんに刺し殺されます」

松永は冗談でもなさそうに言った。彼には家族があるらしい。

「僕は独身ですから」

さらっと村上は言った。

真冬の鼓動が少しだけ速くなった。

「いい男なのにねぇ」

「でも、ハイアマチュアと言われる矢野さん、喜多村さん、山中さんだってみんなこのレンズを持ってますよ。あのとき南条さんもこのレンズを使いました」

村上はボディキャップとレンズのリアキャップを外すと巨大レンズをカメラに装着した。

「あのときと同じ条件にしてみましょうね」

村上はザックに付けてあった三脚をリリースすると、足を伸ばして地面に立てた。

「松永さん、申し訳ないですが三脚を運んでもらえますか」

「了解です」

村上と松永の力で、南条沙織が使っていたのとほぼ同様の機材が事故当日と同様の位置にセットされた。

「まずは僕がちょっと覗いて事故現場付近に合わせてみますね。ここでは撮ったことないし、あのときはファインダー覗かなかったからな……」

村上は三脚のハンドルを動かしながらレンズの向きを調整した。

「そんな……」

とつぜん、村上は声を途切れさせた。

「どうしたんですか？」

真冬は驚いて訊いた。

「あのとき南条さんが見ていたのは、流氷じゃなかったんだ」

ファインダーから顔を離した村上の声はうわずっていた。

「なにを見たっていうんですか？」

松永が詰め寄った。

「覗いてみてください」

震える声で村上は答えた。

「うーん、そうかぁ」

松永は大きくうなった。

「いったいなにが見えるんですか」

真冬の問いに松永はカメラへとあごをしゃくった。

あわてて真冬はファインダーを覗いた。

全身の血が下がった。

「あれは……木村さん」

ファインダーのなかには、西堤防のテトラポッドにいる釣り人を注意している制服警官の姿が映っている。

「はっきりわかる……」

真冬の声はかすれた。

そう。ただ見えるだけではない。注意している制服警官が木村巡査長であるとはっきり識別できるのだ。

「ああ、はっきり思い出した」

震え声で村上は言った。

「話してください」

真冬は鼓動を抑えながら訊いた。

「あのとき、南条さんが妙なことを口走ったんです。『まさかあの人がそんな……』って」

村上の顔は幽鬼《ゆうき》のように白かった。

「なんですって！」

「ほんとかよ」

真冬と松永の声が重なった。

「そのときは意味がわからなかったんです。もちろん気にはなったけど、南条さんは具合が悪そうだったし、訊ける雰囲気じゃなかった。なにせ、マイナス二〇度ですからね。それからすぐに寒いと言ってクルマに戻ったんです。クルマでは南条さんの写真展の話になっちゃったんで……」

記憶を辿るように村上は言った。

「南条さんは、あの日の四時頃、ここで悲劇の瞬間を目撃したんですよ。山川さんは誤ってテトラポッドから転落したんじゃない。誰かに突き落とされたんです」

真冬にはそのときの光景が目に浮かぶような気がした。

「そういうことだったのか」

松永は鼻から大きく息を吐いた。

「さらに南条さんはその瞬間、シャッターを切って写真に収めた。つまり、殺害の瞬間の証拠を記録したんです」

真冬はうわずった声で言葉を継いだ。

「そうとしか思えないです。さっき、村上さんは、南条さんが山川さんを知らなかったのはほんとうだろうと言っていましたね」

「ええ、そう思います」

村上は真剣な顔でうなずいた。

「だけど、南条さんはファインダーに映った人物を知っていたわけです。ということは、南条さんが知っていたのは……」

真冬は言葉を止めて二人の顔を見た。

村上と松永は顔を見合わせた。

「加害者ですね！」

「加害者だ！」

村上と松永の声が重なった。

「だから、南条さんは殺されたんです。山川さん殺害事件の唯一の目撃者であり、その証拠を握っているからです。だから、南条さんの遺体がサンカヨウの池で見つかったとき、カメラのなかのＳＤカードも、バッグのなかのカードもすべてがまっさらだった。つまり、犯人は南条さんのカードを盗んだ上に新品とすり替えたのです」

　自分の声のテンションが上がり続けているのを真冬は感じた。

「だけど、半年も経っているんです。南条さんが証拠が記録されているカードを持ち歩いているわけはないでしょう」

　松永が気難しげに眉を寄せた。

「念のためだと思いますよ。南条さんはおそらく自宅のＰＣなどにコピーを残したでしょう。犯人は南条さんを殺害した後で彼女の東京の自宅を家捜《やさが》ししている可能性があります。いずれにせよ。すでに証拠が記録されたカードは犯人によって処分されてしまったおそれがつよいです」

　自分が口から出している言葉に真冬は自信が出てきた。

　残念ながら、南条沙織の生命と引き換えのＳＤカードはもう残ってはおるまい。

「だけど、犯人は南条さんの部屋にどうやって忍び込んだのでしょう」

　村上が首を傾げた。

「簡単な話ですよ」

　その答えは真冬にはすでにわかっていた。

「そうかっ、鍵だっ」

　松永は目を見開いた。

「ええ、鍵です。サンカヨウの池で犯人が奪ったに違いありません。スマホを奪ったのも犯人で間違いないでしょう。南条さんと犯人の間の通話記録かメッセージ記録が残っていたのに違いありません」

「遺体発見時の南条さんの所持品のなかに家の鍵という記載がなかったような気がする。東京組はどうして南条さん宅のSDカードなんかの捜査をしていないんだ。すべて奪われている可能性があるじゃないか」

松永は歯嚙みした。

「南条さんの自宅近くの防犯カメラをチェックすれば、犯人の姿が映っているかもしれない」

真冬は興奮した声で叫んだ。

「いやそれは無理ですよ。防犯カメラの映像の保存期間なんてのは、コンビニが一ヶ月、ATMは三ヶ月、金融機関でやっと一年くらいです。一般家庭用はたいていは一週間ですからね」

松永は声を落とした。

「そうなんですか」

「残念ながら……」

松永は渋い声で言った。

「さっきも検討したとおり、まず間違いなく犯人は南条さんが見知っている人です。南条さんはファインダーから覗いて『まさかあの人がそんな』と言っていた。つまり犯人を確定できたわけですから。網走にはそう何人もいないでしょう。村上さん、違いますか?」

真冬は村上に向かって訊いた。

「市長と秘書室長は別として、わたし、矢野さん、喜多村さん、山中さん、遠山さんくらいのものです」

いくらか震え声で村上は答えた。

「村上さんは南条さんと一緒にいたのだから除外するとして、残りは四人か……」

松永は腕組みした。

「遠山さんがそんなことするはずありませんっ」

真冬は思わず叫び声を上げた。

「朝倉さん、気持ちはわかりますけど、除外できる条件が出てくるまでは、全員を公平に扱わなきゃ」

松永の言葉はクールにすぎるように響いた。

「そんな……いくらなんでもひどい」

不満いっぱいに真冬は言った。

「ああ、もうひとりいる……」

なかばぼう然とした声で村上がつぶやいた。

「誰ですっ？」

松永はつかみかからんばかりの勢いで村上に訊いた。

「正確には網走の人間じゃないけど、和久先生です」

「さっき話に出た高名な写真家ですね」

「和久先生と南条さんは何度も会っているはずです」

ぼんやりとした口調で村上は言った。

「でも、和久という写真家は山川さんが殺された日の前日の八時頃の飛行機に乗って東京に帰ったんですよね？」

松永が念を押した。

「ああ、そうでした……先生は違う」

無表情に村上は答えた。

「あれ？」

真冬は耳を押さえた。

真冬の左耳の奥が急にしくしくと痛くなってきた。

村上だ。村上を苦しみが襲っているのだ。

「どうしました？」

けげんな顔で松永が訊いた。

「いえ、なんでもないです」

真冬はとぼけた。

「さて、いまわかった件をさっそく捜査本部に報告して次の一手を打たなきゃ」

松永の声には張りがあった。

「わたしも東京と連絡をとってみます」

真冬は、いま名前の出た矢野、喜多村、山中と南条沙織との関係を今川警部に調査させるつもりだった。抵抗はあったが、遠山を外すわけにはいかなかった。念のため、和久についても調べてもらおうと思った。

「村上さん、機材をありがとうございました。片づけましょう」

松永がこの公園から離れることを促した。

「ありがとうございます」

村上は明るい声に戻って答えた。
真冬の耳の痛みはかすかに続いていた。
オホーツクWブルーのもとで、真冬のこころは揺れていた。
どんな感情が自分を襲っているのか、真冬自身もよくわからなかった。

第四章　迷走の果て

1

真冬と松永はランチを《エストレージャ》でとった。

村上は用事があるからと言って帰っていった。

食事が済んでから、松永はミニパトで真冬を《藻琴山ロッジ》まで送ってくれた。

友作は出かけたままだったし、菜美子は今度は松永に気づかなかった。

イチイの部屋に戻った真冬は、明智審議官に対して「山川賢三殺害事件の犯人が、事件を目撃した南条沙織を殺害した可能性が高い、山川殺害事件の被疑者と思われる人物を特定したため、迅速な調査を依頼したい」という内容のメールを送信した。

すると、一〇分も経たないうちに真冬のスマホに着信があった。ディスプレイに表示されたのは、明智審議官の直通電話番号だった。

「ご苦労。詳しい事情を説明してくれ」

明智審議官のよく通る声が耳もとで響いた。

「わざわざお電話頂き恐縮です。実は捜査本部に所属する道警捜査一課の松永警部補と捜査を進めたところ……」

真冬は午前中にわかった事実を明智審議官に詳細に話して聞かせた。

「……そのような状況ですので、矢野、喜多村、山中、遠山、和久と南条沙織との関係を至急調査して頂きたいのです。もちろん東京でできることには限りがあると思いますが、南条の生前の知人友人関係を当たって頂ければと思います。もし、なにも出てこなかったら、こちらではふたたびそれらの人々と会って話を訊いてみたいと思います。ただ、いま直接に刺激すると、逃亡や自殺などの怖れもありますので、まずは東京側での調査をお願いいたします」

さすがに友作の名前を外すわけにはいかなかった。

「わかった。警視庁刑事部に対して至急の捜査協力を要請しよう」

明智審議官は淡々と答えた。

真冬はさっきの村上の不可解な態度からいきなり思いついたことも追加した。

「ありがとうございます。それと、南条沙織が網走で撮影をしていたおり、和久がほんとうに一月二七日に東京へ帰ったかも調べて頂きたいと思います」

「了解した。そちらはすぐに答えを出せるはずだ。追って指示するまでとりあえずはようす見をするように」

感情のこもらない声で言って、明智審議官は電話を切った。

真冬は階下へ降りていった。

友作が食堂で将棋盤と雑誌を前に詰め将棋をやっていた。

「ねぇ、ヘンなこと訊いていいですか？」

「なんだい？　俺の歳は秘密だよ」

顔を上げた友作は人のよい笑顔を浮かべた。

真冬の心は激しく痛んだ。

「あのね、去年の一月の後半のことなんだけど……一月最終週のお客さんって何人くらいいたのかな？」

騒ぐこころを抑えて真冬は尋ねた。

「なんでそんなこと訊くんだい？」

友作は大きく首を傾げた。

「まだ秘密」

あえて冗談めかして真冬は言った。

「ちょっと待ってろ」

食堂を出た友作は、しばらくすると予約帳に使っている厚手のダイアリーを持って来た。

「ほれ、見てみ」

友作はダイアリーをひろげて見せた。

ブロック型のマンスリーページだった。

すばやく一月二八日のページを見る。

意外に几帳面な友作の字で「ササキ（2）一四時二〇分JAL」と記されていた。

これだけでは友作の一六時頃の行動はわからない。

この週はほとんど毎日、宿泊客の名前が入っていた。

欄外に二九日（土）流氷接岸とメモ書きがあった。

「へぇ、たくさんお客さんいたんですねぇ」

なんの気ない口調で真冬は言った。

「二九日に流氷が接岸してるからな。その頃はお客さんも増えるんだよ」

「いちばん少ないのが二八日の火曜日なんですね」

「うん、この日はな、三〇代の車いすのお客さんとその奥さんだったんで、お迎えしてからつきっきりさ。うちはバリアフリーにできてないだろ。部屋へ上がるのも、トイレ行くのも、露天風呂行くのも抱きかかえなきゃなんないよな。だから、障碍を持つお客さんのときにはひと組しかとらないんだよ」

なんの気なく友作は答えた。

「え？　そうなんですか？」

「俺もさ、アラカンだからさ、そろそろバリアフリー化して車いすのお客さんなんかがひとりでトイレ行けたり、部屋に上がれるようにしたいんだけどよ。なんせ金ねぇもんな。あはははは」

友作は人のよさ丸出しで笑った。

真冬はホッとした。

もともと友作夫婦は障碍者の受け入れに熱心だ。

真冬がちょっとだけお手伝いをした一八の夏にも、町内の知的障碍を持つ小学生の子どもたちを一四人も招待したことがある。その子たちと一緒に食事をしたり、風呂に入ったりしていたときの友作夫婦の楽しそうな顔に真冬は感動したものだった。

「いったいなんの話なんだ？」

「流氷接岸の時期のお客さんのこと知りたかっただけなんです」

真冬は明るい声を出した。

疑いが一〇〇パーセント晴れたわけではないが、真冬の気持ちはかるくなった。

「ふうん、ま、いいや」

釈然としない友作の声だった。

「ところで真冬ちゃん、今日こそ肉食うかい？　Ａ５だぞ」

友作は身を乗り出して訊いてきた。

Ａ５は最上級に格付けされる牛肉である。味のランクづけではないが、まずは美味しい肉だ。

ちょっとお腹が鳴った。

「うーんと、ちょっとまだわかりません」

真冬ははっきりしない答えを返さざるをえなかった。

松永は今日調べた内容を捜査本部に報告した結果を真冬に連絡してくれることになっている。状況次第では夕飯を一緒に食べることになるかもしれない。

「あれ、デートかい。そういや、彼氏できたんだってな。おまわりさんの」

ニヤニヤ笑いながら友作はからかった。

「違いますよ。松永さんは仕事で協力してもらっているだけだし、奥さんいますから」

真冬は顔の前で激しく手を振った。

「不倫はダメだぞ」

友作はわざと怖い顔を作ってから、眉をひょいと上げて笑った。

「もう、遠山さんってば」

真冬は友作の肩をぶつマネをした。

部屋に戻ってPCを起ち上げた真冬は、いままでの調査内容をレポートにまとめた。

イチイの向こうの知床連山の空が薄あかね色に染まってきた。

スマホに着信があった。

ディスプレイには今川真人の名前が表示されている。

「はい、朝倉です」

「お疲れさまです。今川です。いままでの調査についてはすべて把握しています」

若手キャリアらしい歯切れのよい声だ。

「なにかわかった？」

「まず、去年の一月二七日ですが、和久宗之は東京に帰っていません」

「ほんとうなの？」

「ええ、搭乗者名簿に名前があるのは、翌二八日火曜日の最終便のＡＮＡです。女満別二〇時五分発です」

「じゃあ、山川賢三さん殺害事件についてのアリバイはないのね」

「はい、一六時頃に西堤防で犯行を実行したとしても、最終便には余裕で乗れますから。村上さんに見送らせた後でタクシーで市内に戻ってホテルにチェックインして二泊分の宿泊料金を払い、夕方、チェックアウト。西堤防に行って犯行を実行してから飛行機に乗るという行動は難しくありません」

「和久宗之を完全に犯人扱いね」

「実は和久と山川さんとの間にはつながりがあったのです」

「そうなの？」

「ええ、山川さんは一五年前から都内の小規模広告代理店に勤めていました。ですが、若い頃は和久宗之の助手であり弟子だったのです。プロの写真家を目指して挫折した人間といえばいいでしょうか」

「じゃあ写真は趣味じゃなかったのね」

真冬は驚きを隠せなかった。

「はい、東京造形大学造形学部写真学科を卒業しています。プロの写真家はここの卒業生も少なくありません」

「では、ふたりの間に、感情のもつれがあったことも考えられるのね」

「その点はまだつかめていません。ただ、山川さんはギャンブル好きで金には困っていたようです」

「キナ臭いわね」

「ええ、そもそも和久の行動は不自然としか言いようがありません。警視庁の捜一が和久の張り込みを始めています。逃亡のおそれは少ないのでご安心ください」

「よかった。ほかに情報は？」

「もうひとつ重要な情報があります。南条沙織さんが殺害された事件当日である昨年の七月二五日に和久は網走にいたと思われます」

「そうなの？」

「南条さんの網走入りと同日の七月二四日の一八時三〇分のＡＮＡに搭乗しています。さらに翌二五日の八時五〇分に女満別発のＪＡＬで羽田に戻っています」

「アリバイはあるのね」

「死亡推定時刻には網走にはいないのでアリバイはあるわけですが、なぜそんな近接した時期に網走を訪れているのかは気になるところです」

和久がふたつの事件に関わっている可能性が高くなってきた。

「わかった。謎を解かなきゃね。ほかになにかある？」

「いまのところ、ほかにはありません」

「そう、なにかわかったら何時でもいいから電話ちょうだい」

「了解です。警視、そっちで美味いもん食べてるんですよね。ウニとかイクラとか？」

いきなり今川の声がカジュアルモードになった。

「あのね、お仕事できてるのよ。それにイクラは九月頃からだから」

「でも、ウニはいまがシーズンですよね」

よだれを垂らしそうな今川の声だった。

「お仕事だって言ってるでしょ」

だが、今川は無視した。

「僕もそっちへ行きたいですよ。網走なんて天国じゃないですか」

今川は情けない声を出した。

「じゃあ、天国からの写真送るね」

真冬はウニ丼の写真をさっと送信した。

「げげっ、なにこのイキのよさそうなウニ。それに半端ない量じゃないですかぁ」

今川は派手な叫び声を上げた。

「わたしが今朝食べたウニ丼は、写真の倍くらいの量のウニであふれてたよ」

「朝倉さん、なんでこんなひどい写真を送りつけてくるんですか」

「だって、今川くんがウニに執着してるから」

「しますよ。だって、食べる以外に楽しみってあります？」

「そうねぇ、わたしも霞が関《そっち》にいたときは同じだったね」

部下になる前から、グルメな今川とは美味しいものの情報交換をしている仲でもあった。

「僕たちってあんまり楽しみないじゃないですか。忙しくて遊びにもいけないし……僕なんてほんとは海の男なんですよ。だけど、海なんてもう二年も見てないですから」

たしか今川は学生時代にはヨットに乗ってたと訊いている。

「こっちはオホーツクブルー見放題だし、朝どりのタラバガニも食べ放題なんだよ。あんまり美味しくて写真撮り忘れちゃった」

「くーっ、なんて残酷な人だ。なんの恨みがあるんですか」

「あら？　わたし残酷かしら？」

「僕が絶対、朝倉さんのポジション奪ってやる」

今川は半分本気のような声を出した。

「残念だけど、拝命したばかりだから」

真冬は笑って答えた。

「せめて、名前を言えないあの審議官に、僕の旅行命令出してもらってください」

「なにそれ？　アケチモート卿のこと？」

真冬は思わず笑った。

あの威圧的な雰囲気から、真冬と今川の間では明智審議官のことを『ハリー・ポッター』のボスキャラで、登場人物たちが名前を呼ばないヴォルデモート卿にたとえていた。

「そうですよ。なんでもしますから。網走に呼んでくださいよぉ」

「あなたには、東京でお仕事してもらわなきゃ。こっちでは用事はないよ」

「くーっ、恨んでやる。呪ってやる」

「なに言ってるの。切るからね」

あきれながら、真冬は電話を切った。

もっとも今川が一度でも《藻琴山ロッジ》に泊まったら、『一生帰らない、網走に住む』と泣いてダダをこねるかもしれない。

「一生帰らないか……」

真冬は独り言を口にした。

その瞬間、村上の笑顔がこころに浮かんで、真冬は内心でうろたえた。

(なに考えてんのよ)

真冬は自分で自分を叱りつけた。

だが、流刑に遭っている自分が、この地に留まるのもありではないだろうか。

自分はますます網走が好きになった。

金沢で生まれ育ったのだから寒さには慣れている。

ここには友作夫婦もいる。

村上の優しいほほえみが浮かんだ。

内心で恥じて真冬の耳は熱くなった。

妄想は着信音で破られた。

今度は松永からの電話だった。

「朝倉さん、やっぱりおかしい」

松永は真剣な声で言った。

急に真冬のこころは仕事モードに戻った。

「捜査本部ですか？」

「ええ、あれだけの材料を突きつけても、署長も管理官も聞く耳持たないんです。僕たちの推理、つまり山川さんは殺害され、その事件を目撃したために南条さんは殺されたという推理です。これを話したら、ふたりとも鼻で笑ってるんです」

怒りと苦しみが混じったような声が続いた。

「やはりそのふたりが問題の中心にいるようですね。実はこちらもお伝えしたい情報がいくつかあります」

「夕飯でも食いながら情報交換しませんか」

誘うような声で松永は言った。

松永の持つ新しい情報は少ないだろうが、こちらの情報はある。

彼の悔しさを受け止める必要もあるかもしれない。Ａ５の肉はあきらめよう。

「わかりました。ぜひ情報交換しましょう」

「では、そちらにお迎えに上がりますよ。そうだな、七時過ぎちゃいますけど」

「ありがとうございます。よろしくお願いします」

「なる早で参ります」

松永の弾んだ声が響いて電話は切れた。

友作夫婦に夕飯は外で食べると告げて、真冬は松永の訪れを待った。

2

七時少し前に松永から「下にいる」とのメールが入った。

外へ出ると、すでに高原は薄闇に包まれていた。

「あれ、また……」

真冬はおかしみをこめてつぶやいた。

今夜も松永が借りられたのはミニパトだった。

「朝倉さん、こんばんは」

ドアを開けて、松永が姿を現した。

真冬はミニパトに小走りで駆け寄った。

「ありがとうございます。こんなに遠くまで」

深々と頭を下げて真冬は礼を述べた。

四〇キロ近くを迎えに来てくれたのだ。

「すみませんね、またこれなんですよ」

松永は親指を後ろに立てて弱り顔になった。

「どんなクルマでも大丈夫ですよ」

今日だって本音だった。

ただ、目立つし、正体バレバレなことは否めないが。

真冬が助手席に乗り込むと、ミニパトはすぐに道道一〇二号線へと滑り出た。

道道へ出てしばらく走った頃、真冬は違和感を覚えた。

背後がやけに明るい。

振り返ると、すぐ後ろに背丈の高いクルマがぴったりと付けている。

「なんだ、煽《あお》りか？」

インサイドミラーを見ながら、松永が首を傾げた。

「パトカーを煽るクルマなんてありますか？」

「たしかにそうなんですけど、煽られているとしか思えません」

松永の声に緊張がみなぎった。

ドンッという鈍い音が響いた。

ミニパトはちいさく横揺れした。

「うわっ」

「うわっち」

ふたりは同時に叫んだ。

「野郎、どういうつもりだ？」

松永はアクセルをぐんと踏み込んだ。

だが、後ろのクルマも速度を上げてぴったりとついてくる。

ドドンッとさらに嫌な音が聞こえた。

ふたたびミニパトは横揺れした。

そればかりか、クルマの鼻先がずりっと横滑りした。

「馬鹿野郎っ、殺す気かっ」

松永は歯を剝き出して怒鳴った。

グォオオオという大排気量のエンジンがうなる。

ドオォン。今度の音はさらに大きかった。

グシャッという音とともにリアウィンドウが粉々に砕け散った。

風が遠慮なく吹き込んでくる。

こわごわ振り返ると、銀色の巨大な金属バンパーが迫ってくる。

「くそったれ」

さらにミニパトは加速した。

松永の額には大粒の汗が噴き出している。

すでに一〇〇キロ近いスピードが出ているのではないか。

ステアリングをひとつ切り間違えれば、ミニパトは左右の森に突っ込んでおしまいだ。

ドンドンドンと敵は連続的に衝撃を加えている。

このままではグシャグシャにつぶされるか、横転するか……。

どちらにしても真冬も松永も助からない。

「お、応援呼んだらどうですか?」

震える声で真冬は言った。

「無線も積んでないし、応援呼んでるうちにつぶされちまう」

松永はまったく取り合わなかった。

が、彼の言うことが正しい。

真冬の声はかすれた。

友作とも仲のよい、水産卸売会社会長の矢野正夫だった。

なぜ、矢野が真冬たちの生命を狙ったのだろう。

真冬にはわけがわからなかった。

矢野はうつむいてうめくような声を上げていた。

「ケガはしてませんか」

真冬は心配になって声を掛けた。

「だ、大丈夫だ……」

矢野はかすれ声で答えた。

少なくとも頭部から血は流れていないようだ。

「松永さん、救急車呼びましょう」

「このまま放っといてもいいんじゃないんですか。こんな悪人」

松永も本気で言っているわけではないだろう。

「そういうわけにはいきませんよ」

真冬はすばやくスマホを取り出すと一一九番をタップした。

「はい、火事ですか？　救急ですか？」

落ち着いた声が返ってきた。

「救急車をお願いします」

「場所はどこですか？」

「道道一〇二号線沿いです。芝桜公園から三キロくらい上です。交通事故です」

「患者さんの意識はありますか？」

「意識はあります」

こんな会話が続いたあとで、相手はとんでもないことを言った。

「いま東藻琴の救急車が網走の病院に行っちゃってましてね。大空消防署から向かいますんで。ちょっと時間掛かるかもしれませんね」

「どれくらいですか？」

「そうねぇ、二五キロあるから、二五分以上掛かるね」

真冬は絶句した。

東京から二五キロは川崎市やさいたま市くらいの距離ではないか……。

「わかりました。お願いします」

そう答えて電話を切った。

「二五キロ向こうの大空消防署から来るそうです」

真冬の不安な声に松永は薄笑いで答えた。

「北海道ではよくあることです。ちょうどいいや。この野郎の事情聴取だ。朝倉さん、録音してもらえますか」

「わかりました」

真冬はヴォイスレコーダー・アプリを起ち上げてタップした。

「おい、こっち向けや」

矢野はゆっくりと松永のほうを向いた。

「おまえの名前はよ？」

矢野は答えなかった。

「名前は、って聞いてんだぞ」

松永は乱暴な声で聴き直した。

「やのまさお……」

弱々しい声で矢野は答えた。

「矢野、おまえふたりも殺しやがったんだな」

松永は脅しつけるように言った。

「俺はやってない……」

矢野はかすれ声を出した。

「てめぇがやったってこたぁ、はっきりしてんだよっ」

松永はヤクザまがいの口調で言った。

松永は、あえて決めつけて矢野の動揺を誘っているようだ。

「やってない。俺にはアリバイがある」

矢野は首を横に振った。

「ほう？　アリバイだと？」

「去年の夏のときは苫小牧《とまこまい》にゴルフに行ってた」

いくぶん大きな声で矢野は言った。

「そっちの話じゃねぇんだよっ」

松永は矢野を怒鳴りつけた。

身を引くような素振りをしたが、矢野の身体はエアバッグで固定されたままである。

「一月二八日は……札幌に……行ってた」

矢野は途切れとぎれに答えた。

「そうか、一月二八日は札幌に行ったのか。でも、帰ってきてからでもじゅうぶんに殺せただろう？」

「いや、夜遅く帰ってきた。夕方は札幌だ」

「ウソを吐《つ》くな。あそこでおまえを目撃した者がいるんだぞ」

人差し指を突き出して松永は問い詰めた。

真冬はあっけにとられた。そんな目撃者の話は初めて聞く。

むろん松永のハッタリだ。

「ウソじゃない。帰ってきたのは最終便だ。夕方、西堤防なんかに行けるはずがない」

一瞬、沈黙が漂った。

「はははは、問うに落ちず語るに落ちるってヤツだな」

松永の高笑いが響いた。

「一月二八日って、なんの話なんでしょうか？」

皮肉たっぷりに松永は言った。

「え？　だから西堤防の……」

「俺がいつそんなことを言った？」

おもしろそうに松永は言葉を継いだ。

「一月二八日に西堤防で誰が殺されたんだ？　俺はひと言もそんな話はしていないぞ。

おまえが殺したから知ってるんだろう？」

「くそっ、騙したな」

矢野は歯嚙みした。

「騙しちゃいないさ。東京から来た会社員、山川晋三さんをテトラポッドから海に突き落としたのは、矢野、おまえだっ」

松永は大声で叫んだ。

真冬はハラハラしてきた。

なんの根拠があってそんなことを決めつけるのだ。

「違うっ」

矢野は激しく否定した。

「違わないな。目撃者がいるんだ」

「バカな、いるはずがない」

矢野はさらにつよい声音で言った。

「なんで断言できるんだ？」

「だから、いるはずがないんだ」

「そうだな、目撃者の南条沙織さんはおまえがサンカヨウの池で殺したんだからな。

両方ともおまえの仕業だ」

「俺は殺してない。脅されて、あの池に死体を運ぶのを手伝っただけだ……」

矢野は苦しげに答えた。

真冬はハッとした。

矢野は奇妙なことを自白した。

南条沙織はほかの場所で殺されてサンカヨウの池に運ばれたのか。

それにもうひとつおかしな点がある。

「おまえはほんとにウソつきだな」

バカにするような口調で松永は言った。

「な、なにがウソなんだ。俺は殺してない」

矢野は必死で抗《あらが》った。

「だけど、七月二五日の昼過ぎ、おまえは苫小牧にゴルフに行ってたんじゃないのか。なんで死体を運べるんだ？」

「そ、それは……」

矢野は返事に窮した。

ようやく真冬には全体図が見えてきた。

「殺したのは別の日ですね？」

真冬は問いを発した。

「そうだ、前の日……二四日だ」

「あなた、南条さんの遺体を冷蔵したんでしょう」

「そ、それは……」

矢野は弱々しく答えた。

「死亡推定時刻をずらすためにあなたの会社の大型冷蔵庫で遺体を冷蔵したんですね？」

矢野はうなだれて返事をしなかった。

死亡推定時刻をずらせば、和久と矢野のアリバイを作り上げることが可能だ。

「いつどこで殺したんですか？」

「俺じゃない」

「だから、犯人はいつどこで殺したかを教えなさい」

「ヤツが二四日の夜に、俺の会社の倉庫で彼女の頭を棒で殴って殺した」

「誰が主犯なのですか？」

真冬は厳しく問い詰めた。

だが、矢野は答えない。

「正直に言ったほうがいい。罪の重さが変わるんですよ。あなたが南条さんを殴ったのなら刑法一九九条の殺人罪で死刑又は無期若しくは五年以上の懲役となる。たとえば羽交《はが》い締《じ》めにしていたなら殺人罪の幇助犯《ほうじょはん》となって適用される条文は一緒です。でも、量刑相場は主犯の半分です。死体を遺棄《いき》しただけなら第一九〇条が適用されて三年以下の懲役となります。あなたは南条さんを殴ったのですか」

真冬は矢野の顔を見て静かに訊いた。

「俺は命令されて彼女を縛っただけだ」

苦しげに矢野は答えた。

「じゃあ、幇助となる可能性が高いですね。では、殴ったのは誰なの？」

矢野は顔を背けた。

「どうせすべては明らかになるんですよ。真実を言わないと損するのはあなた自身です。主犯は誰なのか話したほうがいいです」

論すような口調で真冬は言った。

「和久だ……」

つぶやくような声で矢野は答えた。

「写真家の和久宗之ですね」

がくりと矢野はうなずいた。

和久のあの鬼瓦のような顔と不遜な態度が思い浮かんだ。

あのとき、真冬にしつこく事件の調査などやめろと言っていたわけもはっきりした。

誰であれ、サンカヨウの池の事件に首を突っ込む者は邪魔だったのだ。

「なぜ、和久は南条さんを殺したんですか？」

「西堤防の殺人の証拠を握られてたからだ」

「山川晋三さん殺しのことですね」

真冬は念を押した。

「そうだ、彼女は山川殺しの場面を写真に撮っていた。それで、和久に自首しろと脅していたんだ」

「自首しろと？」

「少しでも罪が軽くなるし、写真界全体のダメージもいくらかは少なくなるから、逮捕される前に自首しろと電話してきたと言っていた」

「それで、和久は南条さんの口をふさいだ……」

「そうだ、前の日の日暮れどきに二ツ岩背後の大地で夕陽を撮っていた彼女を誘拐してきて、ピットカリ川沿いにある俺の会社の倉庫に連れ込んだ」

「それもあなたは手伝ったんですね」

「まさか、殺すとは思ってなかったんだ。痛めつけてＳＤを奪うと言っていたから手伝っただけだ。だが、あいつは南条さんの頭を棒で殴って殺した。俺はとめたんだ」

　矢野は懸命に言い訳した。

　おそらくこれが真相だろう。

「なぜ南条さんの死体をサンカヨウの咲いているあんな山奥の池に運んだんです？」

　これも疑問だった。

「いつまでもうちの冷蔵庫に入れとくわけにはいかないだろ。それに和久はさっさと東京へ帰ってアリバイ作りをしなきゃならなかった。最初は海に捨てようと思ったんだ。だけど、夏場の海ってのは夜になっても岸辺には釣りしているヤツがいる。海上も海保の巡視船が密漁を取り締まっていることが少なくない。かえってヤバいんだ。それで、とっさに思いついたのがあの池さ。あの池なら南条さんがサンカヨウを取材中に殺されたと偽装できると思ったからだ」

　たしかに真冬も含めて、誰もがサンカヨウの池を殺害現場だと思い込んでいた。

「あの池で、南条さんはちょっと不自然な姿で亡くなっていたのだけれど？」

「あれは死んだときの格好のままだよ。俺たちは死体の死末なんかに慣れてない。だから、そのまま冷蔵庫に入れたら、ああなってしまったんだ」

「死後硬直で固まったんだな」

松永がつぶやいた。

腕を広げ、目線を上にあげるジョン・エヴァレット・ミレーの構図は、伝統的に描かれる聖人や殉教者の肖像にも似ていると評されている。

南条沙織は自然を守ろうとして生命を奪われたわけではない。それでも、偶然にも生まれたあの姿が守護聖人か殉教者に似ているとすれば、網走という自然郷に殉じた南条沙織に対する神の意思を現しているようにさえ思われた。

キリスト教徒ではないが、そんな不思議な錯覚に真冬は陥った。

「南条さんのSDカード、それとスマホを奪ったのもあなたたちですね？」

真冬は念を押した。

「ああ、そうだ。和久が南条さんを殺した後で、SDをカメラとザックから奪ったんだ。それからご丁寧にも新しいカードとすり替えた。カメラマンが撮影場所でSDを持ってないのは不自然だからな。網走に帰ってから調べたら、当然ながら山川さん殺害のようすは記録されていなかったがね。それで和久は後日、奪った鍵で東京の彼女の自宅も家捜しした。問題の写真はＰＣのなかに保存されていたそうだ」

あきらめたように矢野は語った。

真冬が想像していたことは事実とそう変わらなかったようだ。

「ところで、山川さんはどうして殺されたんですか？」

真冬はもう一つの肝心なことを訊いた。

「あの男は、むかし和久の助手だった。それで和久は山川の撮った写真を自分の作品として国際コンクールに出して賞を獲ったことがあるんだ。最近になってギャンブルで金に困った山川は、そのときの会話を録音してあるから、一千万で買わないかと脅迫してきた。そんな録音が世の中に出れば、和久の栄光はおしまいだ。だから、和久は山川を始末したんだ。西堤防には、金を払うから四時に来いと呼び出した。殺されるとも知らず山川はのこのこやってきたってわけさ」

突き放したような言い方で矢野は説明した。

「そういうことだったんですね。山川さんのスマホもあなたたちが奪ったの？」

「そうだ。和久との通話記録が残っているからだ」

あたりまえのことのように矢野は答えた。

「ところで、肝心なことを訊きます。あなたはどうして和久の意のままに犯罪に手を染めたのですか？　包み隠さずに話しなさい」

よほど差し迫った事情があるはずだ。

矢野はふたたび口をつぐんだ。

「おい、すべてゲロしねぇと、このクルマを谷底に落っことすぞっ」

松永が脅し文句を叫んだ。

「あの和久って男は最低だ。俺はある闇取引の現場を押さえられたことがあるんだ」

迷いながら矢野は答えた。

「闇取引？　どんな？」

「密漁の鮭なんかを暴力団から買ってたんだ。あいつは夜にエゾフクロウを撮りに来ていて、その現場を写真に撮っていた。俺を散々脅していろんなことでこき使いやがった」

矢野は吐き捨てるように言った。

「ここの管内は密漁がえらく多いからな……」

松永がつぶやいた。

「密漁で捕まったほうが、殺人や逮捕監禁の幇助よりずっと罪は軽いのに」

真冬には不思議だった。

「そんなことになってみろ。うちの会社はつぶれちまう。密漁品を扱ってる水産卸売りから魚を買うヤツなんているはずがないだろ。会社がコケたら女房も息子たちも路頭に迷うんだよ」

　矢野は泣くような声で答えた。

「さぁ、もうひとつ教えてもらおうか」

　松永が身を乗り出した。

「おまえ、誰に命令されて俺たちを殺そうとしたんだ？」

　松永の凄みのある声にも、矢野は口をつぐんだままだった。

「俺が捜査本部に山川殺しの件を上申したら、即座に俺を追いかけてきただろ。誰の差し金だ」

　矢野は黙ったままだった。

「答えないなら、ミニパトぶつけてこのシエラ、谷底に落としてやるぞ」

　それでも矢野は黙っていた。

「おい、痛い目に遭いてえのかっ」

　松永はシエラのボディを蹴飛ばした。

　ボンッと鈍い音が響いた。

「しょ、署長だ……」

矢野は蚊の鳴くような声で答えた。

真冬は頭を殴られたような衝撃を受けた。

元凶のひとりは網走の警察トップだったのだ……。

「網走中央署の湯浅署長だな」

だが、松永の声に驚きは感じられなかった。ある程度予想できていたことなのだろう。

「そうだ、あのバカ署長だ。あんたたちが真相を嗅ぎつけたらしいと、ビクついて電話してきたんだよ」

「ちょっと確認しますが、湯浅署長にわたしたちを襲えと言われたんですか？」

真冬は重要なことを尋ねた。湯浅署長が殺人未遂の教唆犯や共同共謀正犯となるか否かの重要な分かれ目だ。

「そこまでは言われてない。ただ、あんたたちが尻尾をつかんだらしいって泣きついてきたのさ。署長はそこの刑事さんが中央署を出たところをチェックしてた。署長に言われて中央署の近くで張ってたら、あんたがミニパトで出てきたから追いかけたんだよ」

　松永は矢野の尾行に気づかなかったわけだが、市街地を出ると真っ暗なのだからやむを得ないことだろう。

　署長が自分たちを殺せと命じたのではないことに、真冬は同じ警察官として少しだけホッとした。

「尾行しているうちに、あなたはわたしたちを殺そうという気になったんですね」

「二つの事件に関わっていることがわかったら、俺は終わりだからな」

　半分泣き声で矢野は言った。

「湯浅署長はなんであなたに泣きつかなきゃいけなかったのか話してください」

　真冬は重ねて訊いた。

「あの署長も和久に脅されてたのさ」

　ぽつりと矢野は言った。

「いったい、なんで脅されてたんですか」

　和久と署長の関係がまったくわからない。真冬には謎だった。

「バカな話さ、援交だよ……いまはパパ活って言うのか。北見市の女子高生との不適切交際さ。いい歳《とし》して孫に近いような女にハマるなんてどうかしてる」

「どうして和久にその事実をつかまれたんですか？」

「和久はな、山川を殺した後に、捜査をなるべく進めさせないように画策したんだ。どこかで噂を聞きつけてレンタカーをホテルの前に停めて、署長と女子高生がホテルから出てくるところを激写したってわけさ」

「女で身を滅ぼしたのか……」

松永はうそ寒い声で言った。

「とにかく和久が写真を公表すれば、署長は刑務所行き。もうすぐ定年なのに、退職金もパァだ。おまけに家族や親戚一同がこの網走に住めなくなる。だから和久に命じられたことはなんでもやってたんだ」

矢野は鼻の先にしわを寄せて低く笑った。

「和久は署長を脅して自分の罪を免れようとしたのね……」

真冬のこころには激しい怒りの炎が燃えていた。

さらに許せないのは和久だが、これは明智審議官に任せるしかない。

「ついでに言うと、道警の北見方面本部長の岡《おか》ってのがいるんだ。こいつは湯浅署長の義理の弟だ。湯浅の女房の妹が岡の女房なんだよ。それでこいつは湯浅をかばうために、なんらかの動きをしていたらしい。まったくロクでもない連中ばかりだよ」

矢野は吐き捨てるように言った。

湯浅は脅迫を受け、岡に泣きついた。そして二人で結託して、方面本部長から署長への指示というかたちを取って捜査の方向を逸らしていたのだろう。たしかにロクでもない連中だ。

サイレンの音が近づいてきた。

「お迎えが来たな。おまえももう終わりだ。まずはしばらく世間は拝めないだろうな」

松永はせいいっぱいの嫌がらせを矢野にぶつけた。

現場を中央署の地域課員や刑事課員にまかせて、真冬たちは中央署へとクルマを向けた。

3

中央署に向かう車内でスマホを使って、真冬は明智審議官へのとりあえずの報告をすませた。

松永は署長の自宅に電話して、南条沙織殺害事件の幇助犯の身柄を確保したので、署まで出向いてほしいと連絡した。

松永は署長室のドアをゆっくりとノックした。

「松永警部補です。ご報告に伺いました」

「入りなさい」

しわがれた声が響いた。

「失礼致します」

真冬と松永は胸を張って署長室に入った。

血色の悪い湯浅署長は、木製机の向こうでぼう然と二人を見ている。

この胃の悪そうな貧相な男が女子高生に不埒《ふらち》なことをしていたと思うと、ほんとうに吐き気がしてくる。

「こんばんは、先日は取材にご協力頂きどうもありがとうございました」

真冬は明るい声であいさつした。

「きみはいったい……」

署長は軽くのけぞって言葉を継いだ。

「こんな時間に何の用だ？　事前の連絡もなしに失礼ではないか」

目を怒らせて署長はのたまった。

「失礼しました。先日はあえてライターを名乗ってはおりましたが、実はわたしは警察官です」

「な、なんだと」

署長の目が大きく見開かれた。

真冬はまっすぐに警察手帳を提示した。

「警察庁長官官房地方特別調査官の朝倉真冬です」

ハキとした声で真冬は名乗った。

「ち、長官官房……」

湯浅署長の顔からさーっと血の気が引くのが目に見えた。

長官官房の名が出て事態がただならぬものと署長は悟ったらしい。

「わたしに何の用があると言うのだ」

署長は両目をつり上げて訊いた。

「わたしは湯浅署長にお伝えしたいことがあってこちらへ伺いました」

「きみの階級は？」

「あなたと同じ警視です」

「キャリアか」

不快そうな湯浅署長の口調だった。

「湯浅署長、あなたには刑法一〇三条の犯人隠避罪の嫌疑があります。そのほかにもたくさんの犯罪を犯していますね」

しっかりと湯浅署長を見据えて真冬は言った。

「いったいなにを言い出すんだ」

「あなたには昨夏、南条沙織さんを殺害した犯人である写真家の和久宗之を隠避した嫌疑が掛かっています」

「南条だと……知らんなぁ。それに隠避とは」

署長は耳の後ろを掻いた。

「ご存じないなら教えて差し上げましょう。大審院の昭和五年の判例によれば、『隠避とは、蔵匿以外の方法により官憲による発見・逮捕を免れさせるべき一切の行為を含む』とされています」

「そんなこたぁ、わたしだって知ってるよ」

署長は平然とうそぶいた。

「湯浅署長、あなたは南条沙織さん殺人事件の実行犯が和久宗之である事実を知っていたのに、それを道警に対して申告しませんでしたね。さらに、あろうことか、南条さん事件の捜査本部副本部長の職にありながら、あえて捜査の焦点をずらして効果的な捜査を阻害するという方法により、犯人である和久宗之の逮捕を免れさせた。これが犯人隠避に当たることは明白です。もちろん、その職務懈怠《けたい》はほかの法令違反を多々構成します。覚悟を決めたほうがいいですね」

真冬はのっぴきならぬ言葉を突きつけた。

「ぶ、ぶれいな。なにを証拠に」

湯浅署長の両眉が吊り上がった。

「証拠はここにあります」

真冬は署長に歩み寄ると、机の上にマイクロＳＤを置いた。

「なんだね？　これは」

署長は尖った声で訊いた。

「先ほど病院送りになった矢野正夫の供述です」

「矢野だと？　何者だね？」

平然と署長はとぼけた。

「とぼけるのもいい加減になさいっ」

凛然とした真冬の声が署長室に響き渡った。

「矢野は署長のことをよく知っていましたよ。北見市における北海道青少年健全育成条例違反の一件ですとかね。いたいけな未成年の女性を毒牙《どくが》に掛けたことも言語道断です。恥を知りなさい」

真冬は署長を見据えてつよい言葉をぶつけた。

湯浅署長の全身が震え始めた。

「そ、そんなものは刑訴法上の証拠にはならん。よく分からん男のたわごとなど、誰もマトモに相手にしない」

あまり筋の通らない反論を湯浅署長は返してきた。

「たわごとになるかどうかは長官官房審議官の明智警視監が判断します。少なくとも道警本部の首席監察官が来るはずです」

これからの運命を、真冬はしっかりと告げた。

湯浅署長はがばっと立ち上がった。

「おい、誰か！　不審者だっ！」

署長はいきなり声を張り上げた。

「いまさら悪あがきはやめなさいっ」

真冬は激しい口調で決めつけた。

「悪あがきだと？」

署長は声を尖らせた。

「すでにその音声データは長官官房に送付済みです。いまごろは警視庁の捜査員が和久の逮捕状を裁判所に請求に行っている頃でしょう。さらにあなたの義理の弟さん、北見方面本部長の岡警視も監察対象になっています。わたしの任務は終了しました。あとは主席監察官の仕事です」

真冬は毅然とした態度で言い放った。

「うぐっ」

頭を抱えて署長は机につっぷした。

「いやしくも警察署の長ともあろう者が、数々の犯罪行為を行い、捜査を攪乱《かくらん》したのです。その罪は著《いちじる》しく大きいと言わざるを得ません。これからの残りの人生でしっかりと自分の罪を償いなさい。では、失礼します」

真冬はかるくあごを引くと踵を返した。

「署長、だから、俺の言うこと聞いてさっさと捜査しときゃよかったんですよ。俺も帰ります」

松永は愉快そうに言って、真冬の後からついてきた。

ふたりはエレベーターに乗って一階に降りた。

ドアが開いた。

「いっけね」

いきなり松永が髪の毛をもしゃもしゃと掻いた。

「どうしたんです?」

「拝み倒してミニパト借りたんですよ。警務課の女警にハリツケにされちゃう」

情けなさそうな松永の顔を見て、真冬は声を立てて笑った。

中央署の外に出ると、潮の香りを乗せた風がそよそよと吹いている。

十四番目の月がオホーツクの空にゆっくりと上り始めた。

エピローグ

いつまでも網走に留まっていたかったが、明智審議官からは翌日曜日のうちに東京へ戻るようにとの命令が出ていた。

月曜日に登庁して直接話を聞かせろということだった。

真冬は午後三時のＪＡＬで網走を発つことにした。

当然のように、遠山夫婦が空港まで送ってくれた。

少し早めだけど、ヨンマルは一時半頃には女満別空港に到着した。

出発ロビーに入ってゆくと、淡いチェックの半袖シャツをデニムの上に羽織った男が立っていた。

なんと村上高志だ。

真冬の胸は高鳴った。

「あれ？　村上くんじゃないの。やっぱり来たのか」

「あ、遠山さん、こんにちは」

照れたように村上はあいさつした。

「こんにちは、見送りに来てくださったんですか?」

真冬はちょっぴりうわずった声であいさつした。

頬が熱い。顔が赤くなっていないだろうか。

「もちろんです。今日の三時の便で発たれると伺ったんで」

村上は弾む声で答えた。

友作が出発時間を伝えていたようである。

「なんだぁ、真冬ちゃん、あのおまわりさんだと思ってたんだけどなぁ。本命は村上くんか」

感心したような、あきれたようなよくわからない声で友作が言った。

「やめなさいよ。それよりあっち行ってましょ」

菜美子が友作を引きずっていった。

客の少ないロビーで、ふたりは一メートルくらいの間隔で向かい合って立った。

「僕は朝倉さんにお礼を言わなくちゃならないんです」

真剣な顔に変わって村上は言った。

「逆ですよ。お世話になったのはわたしのほうです。いろいろとありがとうございました」

真冬は深々とお辞儀をした。

「そうじゃないんです」

村上はつよい力で首を振った。

「え？　どういうことですか？」

「僕、あのしおさい公園のとき、犯人がわかってしまったんです」

「え、ほんとですか」

あまりにも意外な言葉だった。

「はい、以前、撮影行で斜里町まで一緒に行ったことがあるんですが、そのとき和久は帰り道ではすっかり泥酔していました。僕が運転するクルマのなかでうかつなことを言ったんです」

「うかつなことですって？」

真冬は身を乗り出した。

「ええ、憎々しげな声で『あの小娘め、少しくらい写真が褒められてるからっていい気になりやがって。いまに見ていろ』ってね。そのときは意味がわからなかったんですが、しおさい公園で朝倉さんたちと話しているうちに、はっと気づきました」

村上は表情を曇らせた。

「そうだったんですか……」

真冬はかすれた声で答えた。

和久宗之は南条沙織のアパートへの家宅侵入容疑で警視庁に逮捕されていた。身柄は現在、世田谷警察署の留置場にある。これから、ふたつの殺人などの容疑で北海道警察が逮捕することになるはずだった。

今朝のマスコミ各社は『国際的写真家、身柄拘束!』と大々的に報じていた。だが、真冬の名前はどこにも出ていないし、遠山夫婦ですら、いまだにライターと信じていた。

「でも、なんでわたしにお礼を?」

不思議な話だった。昨日、会ったときに、村上はそんな話を少しもしていなかった。

「実は僕、昨日の東京行きの最終便の切符を買ったんです」

「なんのために……東京へ……」

嫌な予感が走った。

しおさい公園で感じた左耳の痛みを思い出す。

「和久を殺すためです。あいつの家に行ってなにかで殴り殺してやろうと思っていました」

村上は真冬の目をじっと見つめてゆっくりと発声した。

「え……」

真冬は絶句した。

「南条さんのかたき討ちをしたかったのです。彼女は僕にとっては大切な人でした」

うっすらと村上は頬を染めた。

真冬の胸に焦げ臭いような思いが忍び寄った。

いまははっきりとわかる。これは嫉妬だ。

死者に対して嫉妬するなど、なんて恥ずかしいことだろうか。

「村上さんは、南条さんを愛していらしたのですね」

真冬は唇が火傷しそうな錯覚を感じた。

「はい、あんなに素晴らしい女性には、もう出逢えないと思っています」

村上は目を伏せてしんみりとした声を出した。

この言葉で自分のこころに鉄杭が打ち込まれたような気がした。

「でも、空港まで来たら、あなたの顔を思い出したんです。真実に迫ろうと一所懸命なあなたの顔を……僕はそのままタクシーで自宅へ戻りました」

静かな声で村上は言った。

もし、村上が最初考えていたように和久を襲いに行っても、張り込みをしていた警視庁の捜査員に身柄を確保され、思いを果たすことはできなかっただろう。

だが、この男のことだ。自分が東京に来た目的を捜査員に話すかもしれない。ややこしい事態が起きかねないところだった。

「思い留まってくださってほんとうによかったです」

真冬はこころを込めて言った。

「僕は間違っていました。いつまでも過去に縛られていては生きていけない。新しい未来を目指して生きなきゃならない。そう気づいたんです」

村上は真冬の瞳をじっと見つめた。

「それはいったい……」

真冬の全身の血が逆流しそうだった。

鼓動が速まってめまいが襲った。

「僕に告白してくれている女性がいるんです。近くの喫茶店のバイトの子です。歳はまだ二〇だけど、いい子なんです。僕、結婚しようかと思っているんです」

あまりにも残酷な言葉を村上はさらりとぶつけてきた。

「お、おめでとうございます」

真冬の舌はもつれた。

と、同時に妙な期待をした自分自身に対する恥と怒りで真冬は自分の顔が赤くなっていないか、また心配になった。

「どうか、朝倉さんも大きな幸せをつかんでください」

答えを返せない。

「ありがとうございます。村上さんもどうぞお幸せに」

それだけ言うのが精いっぱいだった。

「これ、先日のお写真です。開けてみて下さい」

村上は白い角封筒を手渡した。

しおさい公園で写してくれた写真が一枚だけ入っていた。

よいショットを選んだのだろう。ちょっと緊張気味の真冬の笑顔がかわいく写っていた。

「ありがとうございます」

あのときの勘違いを思い出して、真冬の頬は熱くなった。

「それでは僕はこれで失礼します。いつまでもお元気でいらしてください」

村上は深々と身体を折った。

「村上さんもどうぞお元気で」

真冬も頭を下げた。

踵を返すと、村上はスタスタと出口へと歩み去っていった。

背の高いその後ろ姿を眺める自分があまりにも淋しかった。

「あ、いたいた。朝倉さーん」

名前を呼ばれて振り向くと、松永久範が走ってきた。

いつものワイシャツ姿ではなく、赤いポロシャツにデニム姿だった。

派手な色を着ることに真冬は驚いたが、意外とよく似合っていた。

「間に合ってよかった。三時の飛行機ですよね」

松永は息せき切って言った。

真冬は松永には出発時刻を告げてあった。

「はい、まだ少し時間がありますので……今回はほんとうにお世話になりました」

真冬はこころを込めて頭を下げた。

「いや、こちらこそですよ。朝倉さんのお力ですべてが解決しました」

「そんな……わたしの力ではありません。松永さんや皆さんのお力ですよ」

真冬はまだ村上ショックから立ち直っていなかった。

しぜんと弱気な言葉が出てきた。

「まぁ、僕もけっこう活躍したかな」

「そうですよ。あのとき松永さんのサイドターンが決まらなければ、わたしはいまごろ墓場行きですよ」

まったく本当の話だった。ミニパトと一緒にグシャグシャにつぶされていただろう。

「いやいや、ま、学生時代はジムカーナっていう自動車競技やってたんですけど、サイドブレーキ引くときは心臓バクバクでしたよ」

松永は片目をつぶった。彼の得意のジェスチャーだとわかってきた。

「捜査本部は解散となったのですか」

「いえ、和久の身柄を網走に引っ張ってくるまでは一部の捜査員が残ります。でも、僕はここの捜査本部は昨日いっぱいでお役御免です。久しぶりに札幌に帰れますよ」

心底嬉しそうに松永は言った。

「奥さまがさぞ首を長くしてお待ちでしょう」

「かあちゃんはどうでもいいんですけど、息子と娘に久しぶりに会えますからね」

「お子さんおいくつですか？」

「上の息子が小三で、下の娘が年少さんです」

ニコニコしながら松永は答えた。

この男にもあたたかい家庭があるのだ。

「かわいい盛りですね」

「いやいや、ふたりとも生意気ですよ。おまけに娘は僕のことを忘れてることが多いんです。家を留守にしがちな仕事ですからねぇ。『おじちゃん誰？』なんて本気で言うんですよ」

松永はちょっと淋しげに笑った。

鬼刑事らしさはどこにも見えず、家族大事のよいパパに見えた。

真冬はこころのなかでほほえんだ。

「ところで、湯浅署長はどうなっています？」

真冬は声をひそめて訊いた。

「依願退職願いを出していますが、本部には受理されず懲戒処分となるでしょう。本人は桂岡《かつらおか》の自宅に閉じこもっています。万が一にも逃亡しないように副署長が刑事課の連中を張り込ませてます。本日中にも逮捕状が執行されますよ。まぁ、署長も警察官です。逃げても無駄だと言うことはわかっているでしょう。岡《おか》方面本部長も同じように自宅謹慎しているとのことです」

松永は心地よさげに言った。

「なんで仙石管理官は、湯浅署長と歩調を合わせていたんでしょうか」

消え残った謎のひとつだった。

「あの管理官は食わせ者ですよ」

「食わせ者……頑固な人だと聞いていましたが」

意外な言葉だった。

「今朝の飛行機で札幌に帰りましたが、向こうから僕に電話してきました。なんて言ったと思います？」

「教えてください」

「君のおかげで中央署の膿《うみ》を出し切れた。君は我が捜査一課の誇りだ。わたしも機を見て署長を追い詰めるつもりだったが、君に出し抜かれたってね」

「というつまり、署長の腰巾着に過ぎなかったというわけですか」

真冬はあきれ声を出した。

「どうもそのようです。しかも警察庁にチクったのも仙石管理官らしいんですよ。本

なかには硬いものが入っているようだ。

「ニポポ人形の携帯ストラップです」

松永はにっと笑った。

「ああ、そう言えば、街中でたくさん見かけましたね」

意識がそっちに向いていなかったが、数メートルもあるニポポ人形があちこちに立っていた。

「これはエンジュの木で作られています。網走刑務所の受刑者の作業確保のために生み出されたものですが、いつの間にか網走のシンボルのようになりました。これは刑務所製ではありませんが、長さ三・五センチくらいのいちばん小さなニポポ人形です。願をかけると必ずかなえてくれるというアイヌの神さまがもとになっているそうです。どうか、朝倉さんの願いがかないますように」

松永は最後の言葉に力を込めた。

「またまた北海道が好きになっちゃったな」

「北海道人としては嬉しい限りです。またお見えのときは、ぜひ連絡してくださいね」

「はい、必ず」

「では、僕は野暮用があるので、これで失礼します」

几帳面な感じで身体を折って松永は一礼した。

警察の室内での正式な敬礼だった。

「ありがとうございました、どうぞお元気で」

松永が立ち去ると、遠山夫婦が歩み寄ってきた。

「おまわりさんも来てくれたな。やっぱり真冬ちゃんはもてるなぁ」

「だから、あの人は妻子持ちだって」

「不倫はダメだぞ」

「だから、違うって」

「結婚なんて焦らなくていいのよ。この人とずっといたいって思うときがくるから」

「菜美子おかあさんには現れたのね」

ふたりの顔を交互に見ながら真冬は訊いた。

「さぁ？　どうだったかしら？」

菜美子はとぼけた。

「わたし帰りたくない」

真冬は菜美子に抱きついた。

「淋しいね」

菜美子は真冬の身体をやさしく受け止めてくれた。

身を離すと、かたわらで友作がニコニコわらっている。

遠山夫婦は出発ゲートのところまでついてきてくれた。

「またすぐ来てね」

「待ってるぞ」

ふたりは手を振って真冬を見送った。

「元気でいてくださいねー」

何度か振り返ると、ふたりはいつまでも手を振っていた。

羽田便の座席に収まった真冬は松永のくれた紙袋を開けてみた。

「かわいい……」

シンプルな線がかわいらしく、木の地肌のあたたかさがそのまま感じられる。

真冬は自分のスマホにニポポ人形ストラップを取り付けた。

(願をかけると必ずかなえてくれるか……)

いったい、いまの真冬の願いはなんなのだろう。

網走に来るまでは、本庁に戻ることと即答したはずだ。

だが、いまはそれは願いではなくなっていた。
やっぱり自分は『雪の下より燃ゆるもの』を探し続けたい。
五歳の誕生日、父が死んだ日に、祖母が口ずさんだ謎の言葉。
いつの日かわたしは「雪の下の宝物」になることができるのだろうか。
ちょっと考えて、真冬は照れ笑いした。
窓から青い海と、網走湖や能取湖に囲まれた網走の街が眼下に望める。
まるで地図のように二つの湖が輝いている。
「ああ、あれが……大曲園地のヒマワリなのね」
網走湖に突き出た呼人半島のかなりの領域が黄色く染まっている。
この高度では花とはわからないが、友作が言っていたヒマワリに違いない。
オホーツクの青い空のなか、飛行機は高度を上げていった。
やがてすべては白い雲の彼方へと消えていった。

この作品は徳間文庫のために書下されました。
なお本作品はフィクションであり実在の個人・団体などとは一切関係がありません。

徳間文庫

警察庁ノマド調査官 朝倉真冬

網走《あばしり》サンカヨウ殺人《さつじん》事件《じけん》

2022年3月15日 初刷

著者 鳴《なる》神《かみ》響《きょう》一《いち》

発行者 小宮英行

発行所 株式会社 徳間書店

東京都品川区上大崎三-一-一 〒141-8202
目黒セントラルスクエア

電話 編集〇三(五四〇三)四三四九
販売〇四九(二九三)五五二一

振替 〇〇一四〇-〇-四四三九二

印刷
製本 大日本印刷株式会社

ISBN978-4-19-894728-6 (乱丁、落丁本はお取りかえいたします)